昆
謀略の剣
風雲越後編

磯崎拓也
Isozaki Takuya

文芸社

謀略の剣　風雲越後編／目　次

謀略の剣

風雲越後編

戦国——それは、何一つ信じてはいけない修羅の時代

第一章　死闘　川中島

一

明け方に立ち込めていた深い霧はすでに晴れ、戦場《いくさば》は、軍勢の怒号と馬の嘶《いなな》き、そして血の臭いが立ち込めている。

その両軍入り乱れた修羅場より離れる一人の騎馬武者と幾人かの人影。その集団は、川のほとりに達すると一同に歩みを止め、騎馬武者は兜を脱いで供の一人に渡し、懐から白い布を取り出して、おもむろに頭に巻き付け始めた。

「十左《じゅうざ》、首尾はどうじゃ」

「はっ、御実城様《おみじょうさま》、我が手のものにより、信玄の陣はこれより南東に十町（約一・〇九キロメートル）のところと突き止めてござりまする。先に出た宇佐美様の手のものが、信玄から護衛を引き離したと同時に合図がある手はずになっております」

「信玄は用心深い。影武者ではあるまいな」

「まず間違いないかと。既に影武者の一人である典厩信繁《てんきゅう》は村上義清殿が討ち果たし、他の影武者も確認しております。何より、これから目指す本陣には、信玄がいる証となる『孫子』の旗を確認してありまする」

「そうか……」

政虎は、天に顔を向け、一旦気持ちを静めるかのような仕草を見せた。しかし、それは一時のことで、小さく一つ息を吐くと、クワッと目を見開らき、自ら整えた行人包《ぎょうにんつつみ》の中の顔と目は、その白布とは対照的に次第に朱に染まり、側に座した十左衛門は、政虎の全身から発せられる闘気に、ただならぬものを感じた。

「十左、何としてでも信玄が首、ここで上げるぞ。これ以上、あ奴の暴挙を許してはならん。信濃の平穏のため、信玄を屠ることが、この政虎の義であり使命である」

「御実城様……」

政虎の気魄に一言しか返せなかったが、その政虎の姿から、十左衛門は、これから行う信玄への奇襲が、政虎にとって自らの命を投げ打ってでも成さなければならぬ尋常ではないものであることを、今まで以上に感じ取った。

ピシュウウウウ――

兵どもの怒号や馬の嘶きとは違う、乾きかすれ消えていく音が聞こえ、とっさにそちらに目をやると、武田の陣の近くから、上空に向かって伸びる発光弾の煙の帯が見えた。

「御実城様、あれを！」

共に来た一人が、空を見上げて指を指した。

「御実城様、宇佐美様からの合図にござりまする。護衛団を分断し、本陣の守りは手薄になっておりまする」

十左衛門が、すかさず告げた。

〝あそこに信玄がおる〟

「十左、参るぞ」

「はっ」

政虎は、右手に握った手綱を強く引き寄せ、馬頭を武田の陣に向けると、思いの強さが伝わるかのような勢いで馬腹を蹴って駆け出した。十左衛門と他の従者達は、それに遅れることなく政虎の傍に付いて走り、その隊形を、これから受けるであろう攻撃に備えやすい形に変化させた。

武田の陣に向かって疾駆する中、流れて過ぎる景色には、あるはずのない信玄までの一本の道があるように政虎の目には見えた。

十左衛門は、チラッと政虎を見上げた。古来より白馬には不思議な力があり、その力は、その乗り手にも宿るという言い伝えがあるが、政虎を乗せた白馬と行人包みをした政虎の姿は、正に、神が白く輝きながら敵に向け駆けているように感じられ、それは、畏怖の念をも抱かせるものであった。

　間もなく政虎達は、敵味方入り乱れる修羅の地へと突入したが、政虎は視線をそらすことなく、ただ真っ直ぐに前のみ見つめて駆けた。

　敵兵の幾人かは、いきなり乱入して来た数人の一団に反応はしたが、その速さに何もできず、かろうじて目だけでその様を見るだけしかできないと同時に、〝関わってはいけない〟と、本能的に思わせる凄まじい空気を感じ取った。

「見えた！」

　政虎は、三町（約三二七メートル）程先に見える武田の陣幕と幾つもたなびく色とりどりの旗指物を見つけ、その中央にヤクの毛を植えた諏訪法性《すわほっしょう》の兜をかぶり、赤い陣羽織を羽織った武将が、数人の護衛に守られながら床几《しょうぎ》に座っている姿を捉えた。その斜め後ろには、「疾如風徐如林侵掠如火不動如山」という『孫子』の一文をとった軍旗がはためいていた。

　〝信玄入道〟

　政虎は一度馬を止め、静かに標的を見据えた。

「御実城様、我らが先に行き、邪魔する輩を打ち払いまする」

政虎は、無言のまま十左衛門の言葉に目で答えた。

「皆、行くぞ！」

十左衛門は姓を「霧風」と言い、もともと越後の忍びではなく甲賀の流れを汲むものである。しかし、この奇襲隊においては、実質的な頭《かしら》となっている。その他の奇襲隊は、全て琵琶島城主宇佐美定満の統括する上杉の忍び集団である〝軒猿《のきざる》〟であり、その頭は真兵衛《まひょうえ》という腕の立つ忍びである。

十左衛門は、ある出来事がきっかけで、甲賀者にも拘わらず、五年前に政虎に召抱えられ、軒猿とは別の政虎直属の忍びとして使えるようになった。宇佐美はじめ軒猿達としては、この十左衛門の特別な扱いに、初めは反発心をもっていたが、十左衛門が、他を寄せ付けぬ程の腕と人格の持ち主であるということが分かるまでに、そう時を費やすことがなかったせいもあって、仕事によっては、その下に付き従うことを否とはしないようになった。特に、今回の奇襲に加わっている甚助は、十左衛門のことを誰よりも慕っており、今までに何度も死線を共に潜り抜けてきたものであった。

「皆、隊形は、前に甚助を中心に三人、後ろはわしを中心に三人となって横に広がれ、前は信玄の護衛全てを討ち捨てよ。後ろは新手に備える」

十左衛門が、駆けながら指示を飛ばすと、見事なまでにきれいな隊形ができあがり、信玄までの距離を瞬く間に縮めていった。

「御屋形様！　こちらに向かって来るもの達がおりまする」

　ようやく武田方が、この異変に気づき、陣に残った五人の護衛が槍を構え、信玄を守るようにしてその前に立ち並んだ。

「長尾のもの達か」

　危機迫る状況ではあったが、信玄は冷静に自分の首をねらって来る集団を見据えた。

　供のもの達から〝御実城様〟と敬称されるこの政虎の出自は、もとの姓を「長尾」という、守護を補佐する守護代の家柄であった。それに対して武田家は、代々甲斐の守護であったので、家格としては、武田家の方が長尾家より名門であった。しかし、この時より半年前に起きた河越夜戦《かわごえやせん》において、北条氏康に大敗したのに続き、信濃においても、信玄に敗れて大きく勢力を失った関東管領上杉憲政は、武勇鳴り響く越後国主の政虎を頼みとしたことから、政虎が名門山内上杉家を相続することとなり、それによって関東管領職に就任して、関東十カ国を統括することとなった。この時政虎は、もとの名の長尾景虎を改め、憲政から偏諱を受けて、上杉政虎（後の上杉謙信）と名を改めた。この一連の出来事を、当然のごとく信玄は快く思っておらず、長尾家が上杉に改名後も、ずっと旧姓で呼んでいた。

「皆慌てるな。あのもの達は武将にあらず。敵の動きをよく見よ。攪乱されるでないぞ」

信玄は、強く護衛に激を飛ばした。

その時、甚助が前方に大きく飛び上がり、空中で回転しながら小太刀を抜き、着地の体勢のまま中央の敵に斬りつけた。護衛の兵は、槍を持ってはいたが、その動きに翻弄され、応戦することもできないまま、瞬く間に首を横一文字に斬り抜かれた。

続いて、甚助の横を走る二人が別の護衛を襲い、これも瞬時にして斬り捨てた。

その瞬間、信玄の左右の土が盛り上がり、何か黒い影が飛び出した。

〝何?!〟

甚助は、残りの護衛二人を、身を翻しながら立て続けに斬り倒していたが、突然の出来事に動きが鈍った。それと同時に、尖った痛みが右脇腹を襲った。

〝手裏剣!〟

地面から飛び出した黒い影は、次々に十字手裏剣を放ち、十左衛門の前に出ていた甚助ら三人を襲った。

甚助以外は、足が止まってしまったことで敵の攻撃をかわせず、味方の一人は手裏剣を首と頭に受け、もう一人は、忍者刀で右腹から左胸にかけて斬り抜かれ、そのまま地に倒れた。

十左衛門は、襲い掛かって来たのが、武田の忍びである〝透波《すっぱ》〟であることを瞬時に見抜いた。そして、目の前で三人が倒れていくのを走りながら冷静に見て、新手が四人であることを確認し、まず甚助を襲おうとする敵に的を絞って棒手裏剣を三本打った。

「うわっ」

攻撃を受けた敵が、声を上げた。

十左衛門の棒手裏剣は、きれいに等間隔に首下から背中にかけて斜めに突き刺さり、その動きを止めた。それを見た甚助は、すかさず小太刀でその敵の首を斬り抜いた。

十左衛門の動きは、正に疾風である。甚助は危機を脱し、助かったことを十左衛門を見ることで伝えたかったが、その時の十左衛門は、別の敵に肩車のように飛び移って顎を摑み、そのものの首を片手一本でへし折っていた。

残る二人の透波には、それぞれ十左衛門と共に突っ込んだものが応戦していたが、信玄をそば近くで守る任を与えられただけあって相当の手練《てだ》れであり、捉えることができないまま、忍者刀で腹を裂かれ、共に地に倒れ込んだ。

それぞれに軒猿を仕留めたその二人の透波は、そのまま信玄の前に盾のように立ちはだかり、十左衛門を睨みつけ、忍者刀を構えた。

十左衛門は、そのような敵の威嚇に動じることなく、両手を下に垂らしたまま、静かに近寄って行った。周りは、敵見方合わせて十一人分の死体が転がり、血の臭う修羅場と化していたが、一歩また一歩と敵に近づく十左衛門はいたって冷静であり、息

一つ乱さず、ただ敵を見据えていた。その姿に、敵がわずかに後ろずさりしたその時、
ジャッ！

十左衛門は、強く地を蹴ったと同時に低い姿勢で敵の一人に突っ込んだ。

バキッ！

重い音が一つして、その敵はただ前に倒れこんだ。残りの一人は、その様子をすぐ側で見たが、全く何が起きたか分からなかった。

この透波は、十左衛門の技を見極めようとしたに違いない。しかし、その間も与えることなく、十左衛門はそのものの懐に入り、立て続けに何かしらの攻撃を加えた。

バキッ！

最後の一人となった敵は、仲間が殺《や》られたのと同じ鈍い音の後、激しい痛みが全身を覆うのを感じたが、やはり何をされたか分からなかった。そうして、そのまま地に倒れた。

〝何をしたんだ……〟

脇腹から流れる血を左手で止めながら、その光景を見ていた甚助は、十左衛門の動きに息を呑んだ。

今まで十左衛門には、流派を超えて忍術の稽古をつけてもらっている。しかし、今見た動きは初めてのものであり、甚助は、ただただその凄さに驚愕した。

十左衛門は、床几に座り、左手に鉄製の軍配扇子を持った信玄と、静かに対峙した。手を伸ばせば摑めるほどの距離である。

「信玄公にござるか」

十左衛門は、静かに訊いた。その声は、宿敵を前にしても、低く冷静である。

「氷のような目をしておるな」

信玄は、十左衛門よりも低い声で、ポツリと言った。

「お命頂戴仕《つかまつ》る」

十左衛門が、そう言い終わらないうちに、信玄は床几に座ったまま太刀に手を掛け、そのまま身を沈めて十左衛門に下方から斬り上げた。

十左衛門は、慌てることなく避《よ》けたが、剣の切っ先が十左衛門の頰をわずかに裂いた。

信玄は、鬼の形相となって、振り上げた刀をそのまま十左衛門めがけて振り下ろした。

十左衛門が、それを左腕で受け止めるや、周囲に高い金属音が響いた。

夜間であれば、忍びは目立たぬよう黒系の忍者着に身を包むが、此度のような日中の戦闘では、忍びは膝くらいまでの短めの着物に、多少の防具を付ける程度である。

今の十左衛門の身なりも、城主の命令で城郭の修復や土木工事をする人足とほぼ同じであるが、ただ、普通の人足とは違って、長い髪は首の後ろで一つに束ね、小太刀を腰に挿し、懐と手甲《てこう》・脚絆《きゃはん》の中には、攻撃用の薬物や棒手裏剣を仕込んでいる。この高い金属音は、信玄の刀と手甲に忍ばせた棒手裏剣がぶつかった衝撃音であった。

十左衛門の受けは、この棒手裏剣の仕込みで相手の太刀を止められることが分かってのことではあるが、棒手裏剣は細いため、太刀の一部は十左衛門の腕に食い込み、そこからは信玄の太刀を伝って鮮血が滴り落ちた。

十左衛門は、一瞬顔をしかめた。

「忍びか？　貴様などでは、わしは討てんぞ」

「ふっ……」

十左衛門は、微笑して語った。

「貴殿を殺るのがわしでは意味がない……。貴殿は神により討たれる。神の姿を見るがいい」

そう冷たく言い放つと、十左衛門は身を縮め右に跳びのいた。

それを信玄は目で追おうとしたが、そんな信玄のすぐ目の前に、大きな影が信玄を押し倒さんばかりに出現した。

信玄がその影を見上げると、前足を上げた状態で嘶く馬の上に、異常な闘気を纏った武将が、信玄を見下ろしていた。

〝闘神か！〟

信玄は一瞬息を呑み、体が硬直した。

「信玄覚悟オオおお――――ウウウウりゃああああああ…………」

その闘神は太刀を抜き、上段から一線、信玄に向けまっすぐに振り下ろした。

信玄は、太刀を振り上げるよりもとっさに左手にもった軍配を振り上げ、その太刀を受け止めた。

この瞬間、信玄を襲う政虎を守るべく斜め後方に回って見ていた十左衛門には、時《と》間《き》が止まったように感じた。

「ウウウウりゃあああ～」

政虎が、二太刀目を信玄に浴びせ掛けたころで再び時《と》間《き》は動き出し、誰も割って入れない空間がそこに出現した。

政虎の愛刀小豆長光《あずきながみつ》は、二尺七寸五分（約八三センチ）と非常に長く、反りが非常に美しい名刀であり、馬上からでも敵の首を容易に切り落とすことができた。それを鞭の如く自在に操る政虎の剣技に、並みのものでは到底太刀打ちできるはずもなく、すれ違いざまの騎馬での戦いでは、皆、一太刀で絶命させられた。その剣が、一太刀目を止めたと感じた次の瞬間には、別方向から振り下ろされるのだから、それから逃れることはまず無理と言っても過言ではなく、十左衛門は、政虎が再び太刀を振り下ろす姿を目にするや、死闘の終わりを感じた。

「何！」

十左衛門は、予想以外の出来事に声が出た。

一太刀目を立ったまま受け止めた信玄は、二太刀目も政虎の攻撃を冷静に見極めて、それを受け流した。しかし、その威力に押され、体は後ろの床几に沈み込んだ。

それを見た政虎は、すかさず三太刀目を信玄の脳天目掛けて振り下ろしたが、これをも体勢を崩しながら、信玄は兜の手前で受け止めた。

〝天から光臨した毘沙門天と地に構えた不動明王……〟

この二人から発せられる異常なまでの気魄が、十左衛門の目にあり得る筈もない光景を見せた。初めて体験するその出来事に、十左衛門は息ができず、体の末端からは血の気が引き、冷たさを感じた。

「ぬううう……」

信玄が受け止めた政虎の三太刀目は、受け止められてもなお威力は衰えず、一時の静止後、受け止めた軍配を押し倒して、そのまま振り抜かれた。その剣は、鋭さに欠けはしたものの、信玄の左肩を裂き、信玄は思わず痛みで潰れるような声を発した。

それを見た政虎は、目を光らせて止めの刺突を繰り出す構えをとった。

信玄はそれに危険を感じ、思わず右手に持った太刀を振り上げると、その切っ先が、政虎の馬の首の下方を浅く斬り拭いた。

政虎の馬は、突然の痛みに平静を失い、政虎を乗せたまま大きく前足を上げた。

「くっ……」

政虎は、振り落とされまいと左手で手綱を引いて制御しようとしたが、馬は静まることなく荒れ狂い、回りながら後方へ下がった。

「静まるのじゃぁぁぁぁ～」

政虎は、恫喝したが、馬は変わらず暴れ回った。

信玄は、それを苦痛に歪んだ表情で見つめた。

ピシュウウウウウ――

そこに、空気を切り裂くような音がした後、一本の槍が飛来した。それは、宇佐美隊により信玄から引き離された護衛部隊の一人である中間頭が、変事に気づいて引き返し、騎馬武者から信玄を守ろうと投げ入れられたものであった。

槍は、誤って信玄に刺さらぬよう、政虎の斜め後ろ一間（約一・八メートル）の地面に突き刺さった。

「十左！」

政虎は叫んだ。

「御実城様！」

十左衛門は、政虎の声に答え、敵の襲撃から政虎を守ろうとした。

「十左、これまでじゃ！」

政虎は暴れる馬上から、強い眼光で十左衛門を見た。その目には無念さが滲んでいたが、それとともに、政虎独自の清々しい程の潔さがあった。

「御実城様、本陣までお守り致します」

政虎は、その言葉を聞くと十左衛門を見て大きく頷き、信玄の方を振り向いて睨みつけた。

〝無念！〟

政虎は、暴れる馬を止めることを止め、馬頭を己の陣のある方へ向けさせると、その腹を強く蹴って駆け出した。

十左衛門は、政虎を追う前に、負傷した甚助を見た。

甚助は十左衛門と目が合うと、〝自分に構わず行かれよ〟という思いを、頷くことで知らせた。

十左衛門は、一瞬ためらったが、すぐに政虎の方に顔を向け、素早くその後を追った。十左衛門の動きは疾く、瞬く間に政虎を追い越すと、政虎の進路の邪魔となる敵を駆け抜けながら瞬時に斬り倒していった。

「御実城様ー」

そこに、信玄の護衛部隊を殲滅した宇佐美定満が、陣に向け走り抜ける政虎に気づき、軒猿十数名と駆け寄って来た。

定満は、とうに七十を過ぎているが、体は強く、その動きは全く年を感じさせない剛のものである。その定満のすぐ後ろには、真兵衛が控えていた。

「おお定満、無事であったか」

戦場のほぼ中央ではあったが馬を止め、政虎は定満に声を掛けた。政虎の馬は、一走りしたことで、落ち着きはしていたが、血が白い胴を赤く染めていた。

真兵衛はじめ軒猿達は、政虎を中心に円となり、守りの隊形をとった。

定満は十左衛門を見ると、強い口調で問うた。

「首尾は?」

「御実城様は、あと一歩のところまで信玄を追い詰めましたが……。無念にござる」

十左衛門は、少し言葉に詰ったが、短く語った。

「そうか……」

定満は無念そうに俯《うつむ》き、肩をいからせた。だが、すぐに気持ちを切り替えるように政虎に進言した。

「御実城様、まずはここから引かれませ、我らがお守り致しまする」

政虎は、その言葉に頷いた。そして再び走り出そうとする直前、十左衛門が定満に言った。

「宇佐美様、他のものは討たれましたが、甚助はまだ武田の陣にあり、戦っておりまする。某《それがし》は助けに行きますゆえ、御実城様をお願い致しまする」

「分かった、御実城様のことはわしらが守る。死ぬでないぞ」

「はっ。では」

十左衛門が定満に頭を下げ、駆け出そうとした時、馬上より政虎が言った。

「十左、必ず戻って参れ」

十左衛門は政虎を見上げ、その姿を目に刻むと、小さく頭を下げた後、再び武田の陣へと走り去った。

二

卯の刻（午前六時）に始まった戦いは、当初、『車掛かりの陣』で、武田の『鶴翼の陣』を繰り返し攻め立てた上杉方が優勢であったが、巳の刻（午前十時）になると、上杉本陣を背後から攻め、挟み撃ちにするはずであった別働隊が合流し、数で上杉方を上回った武田方の優勢に変わり、上杉方が軍を引いたことで、申の刻（午後四時）には終結を迎えた。死闘の終った戦場には武田軍のみが残り、勝鬨《かちどき》を上げた。

信玄は、近習に負傷した肩の止血をさせながら、床几に座ってじっと戦場となった眼前の草原を見つめていた。そこには、数え切れない程の両軍の死者が重なるように一面に転がり、鎧や衣服、旗指物を血に染めていた。中には、深手を負ってはいるが死に切れない兵がおり、苦しむ声をか細く出していた。そのようなものは、味方であれば運んで手当てに回すが、敵兵ならば見つけ次第、兵どもが槍で一突きにして絶命させていた。

このような、鬼哭啾啾《きこくしゅうしゅう》たる気配の漂う戦場を、信玄はこれまで何度も見てきたが、その度に、勝敗に拘わらず、常に無常さを内に感じていた。これは、信玄がただの侵略のみを目的とする冷徹漢ではないことを示す一面である。

信玄にしてみれば、いずれ天下に覇を唱えるという野望は当然もってはいたが、目先の事情としては、領土を拡大し続け、それを家臣に与えていかなければ、たちまち自分が家臣どもから見限られるという危険性があるし、自国の経済を潤すためには、どうしても海が必要であった。しかし、距離的に近い太平洋の沿岸は、強力な今川・北条が押さえているので手が出せず、そうなれば、信濃方面に勢力を伸ばし、いずれは上杉を倒して日本海沿岸を我が物にするしか道がない。そういった都合があって、信玄は信濃方面への侵略行為を止めるわけにはいかないのである。

「あの武者、供のものから御実城様と言われておった……」

信玄は、静かに手当てをするものに語った。

「あれが、我が宿敵、越後の龍 長尾景虎であったか……」

「……そっ、そうでありましたか……。御大将自ら斬り掛かって来るとは……。何と大胆な奴にござりましょう……」

信玄の言葉に近習は驚き、手当てをする手を思わず止めて、たどたどしく答えた。

「この軍配を見てみよ、景虎は三度わしに斬りつけて来た。それを何とか軍配で受け止めたが、これには七箇所も傷がある……。誠恐ろしい太刀捌きよ……。あれこそ闘神……。できれば、此度のような対戦は、できうる限り避けたいものよ……」

そう呟きながら、信玄は、政虎が去った方角を、ただ遠い目で見た。


やがて、日は少しずつ陰り始め、川中島に秋風の冷たさが吹き込んで来た。そして、薄暗くなってきた戦場に、骸《むくろ》の処理を命じられた付近の百姓などが少しずつ姿を現わしてきた。

この辺りの百姓は、ここ数年武田が戦をしに来る度に田畑を荒らされ、それによって困窮している状態であった。よって、暮らしを立てるために、骸を処理しながら、それが身に付けている鎧や刀など金目なものを剝ぎ取っていた。

そのような、人の世とは思えない地獄絵図の中、どこからともなく現れた数人の僧侶が、死んでいったもの達を成仏させるために、念仏をただひたすらに唱えていた。

生き残った兵士には、その念仏が、鬼と化した心をだんだんと人へと戻してくれるように聞こえた。そして、人の心に戻った兵士は、ただここで起きた恐ろしい出来事に、再び恐怖と哀しみを、その胸に焼き付けさせられた……。

この戦いは、双方が我が軍の勝利を確信しており、事実、戦い後に政虎・信玄それぞれが、各方面に向け「我が軍が勝った」と書き送っている。であるから、夕刻、政虎の軍は川中島から三里弱（約十一キロ）離れた善光寺に到着すると、そこで武田と同様に全軍で勝利の勝鬨を上げた。

これは、武田の『啄木鳥戦法』（挟み撃ち作戦）に一早く気づき、その裏を掻いて先に武田本陣に打ち寄せ、多くの大将首を上げただけでなく、信玄まで負傷させることができたことで、上杉にとっては、勝利を確信する結果であったからである。

はたまた武田にとっては、巳の刻（午前十時）以降、挟み撃ちするはずの別働隊が本体に合流して形成を逆転させ、結果的に川中島から上杉軍を退却させて、北信濃を支配下に治められたことから、自軍の勝利を確信したものであった。

勝敗は、お互い決め手に欠いている点において、判断は難しいものではある。ただ、一つ言えることがあるとすれば、この戦いは、天下分け目の決戦などではない、地方で行われた一合戦でしかないのにも拘わらず、上杉・武田両軍が、それぞれ一万三千と二万の軍勢で中世戦術の粋を尽くして相見え、それが死者約八千人を出す死闘となったことから、この戦いを伝え聞いた各地の戦国大名の全ては、政虎と信玄をそれまで以上に恐れずにはいられなくしたということであろう。

この死闘こそ、永禄四年（一五六一）九月十日に川中島（長野県長野市）で行われた世に名高い第四回川中島決戦である。

善光寺において勝鬨を上げた後、政虎と重臣達は、戦で取った首を確認する首実検を行った。その首の中には、信玄の弟である典厩信繁や諸角豊後守虎定、初鹿野源五郎など隊長級のものがあった。名軍師として知られる山本道鬼入道（山本勘助）のものもあったが、隻眼で、顔に深い刀傷がある一際異彩を放つ禍々《まがまが》しいものであった。

戦場においては、お互い情を捨て去り、相手を倒すということのみに全精力を傾ける。しかし、一度《ひとたび》戦いが終われば、それがたとえ宿敵であっても、首を切られたものに対して情けを掛けるのが武士の習いであった。

政虎は、父長尾為景が兄晴景に家督を譲った七歳の時から十四歳になるまで、長尾家の居城である春日山城下の林泉寺に預けられ、名僧で知られる天室光育《てんしつこういく》の薫陶を受けて育っている。そのような経験から、政虎は信心深く人の生死を真剣に見つめ、それを心に刻む武将であったので、慣例云々ということではなく、自分自身の想いとして、敵の大将の舎弟である典厩信繁の首には、酒を注ぐなどした後、家臣に命じて信玄に送り届けさせ、その他の首に対しても、全て首供養をするように申し渡した。

深夜、灯台が一つしかない薄暗い陣屋の板間に、政虎は一人座していた。そのまま静かに時が過ぎる中、政虎はポツリと発した。

「無事帰ったか」

「はっ、ただ今戻りましてござりまする」

政虎の斜め前の暗闇から、十左衛門の低い声が返ってきた。

「姿を見せよ」

政虎がそう言うと、十左衛門は灯台の灯りが届くところまで静かに歩んで姿を現し、片膝を突けた格好でその場に座した。

「甚助は無事か」

「腹部に深手を負っておりまするが、大事には至っておりませぬ」

「そうか、それならば、後で労いの言葉でも掛けてやらねばな」

政虎の声からは、安堵感が伝わってくる。

「御実城様自らお声を掛けていただければ、甚助も喜びましょう」

「十左、顔をあげて見せよ。お主も傷を負っていたであろう」

「……某は、大したことはござりませぬ」

十左衛門は、顔に受けた傷が見えぬように俯き、右腕は背中の後ろに回した姿勢のまま、ただ動かず床を静かに見つめていた。

「見せぬのか……。まあいい。ただその傷、お主程のものが受けるはずのないものであろう。わしに信玄を討ち取らせるために、ギリギリまで避けなんだな」

「…………」

「ふっ……。そこまでしてくれたが、本懐を遂げることができず、誠口惜しい限りじゃ。じゃが、幼子から父《とと》さまを奪うことにならなかったことが、唯一の救いじゃ……」

その言葉を聞いた時、今まで平静を保っていた十左衛門の顔が、わずかに引きつった。

十左衛門には、三歳になる一人息子の十四郎《じゅうしろう》がいる。十左衛門は、自らのことはほとんど喋ることが少なく、越後に来た時は一人であったため、政虎はじめ周囲のものは、誰一人として、この子の存在を知らなかった。無論、母親が誰であるかも、十左衛門は固く黙している。しかし、二ヶ月前に政虎が領内の巡視をした際、十四郎の存在を政虎は十左衛門から聞かされ、村はずれで対面していた。

「十四郎が、待っていようのぉ」

「お気遣い、恐れ入りまする……」

「明日は、越後に帰る。帰路も頼んだぞ」

「はっ、承知致しました」

十左衛門は、そう答えると、再び暗闇の中へと姿を消した。


陣営の外れ、人気《ひとけ》が少ない塀越しに、負傷した甚助は体を休めていた。腹には、傷口が開かぬように、強く晒《さらし》が巻かれていたが、その表面には血が滲み出ていた。ただ、攻撃を受ける際に、とっさに体をねじったことで手裏剣は斜めに入り、内臓には至っていなかった。鍛え抜かれた腹筋も、重症化に至るのを防いでいた。

「どうじゃ、痛みは」

政虎のところから姿を消した十左衛門は、甚助のもとに戻って来た。甚助の傷を酒で洗い、縫い合わせて止血のための薬草を当てて処置したのは十左衛門である。

「御実城様に無事を知らせたら、喜んでおられたぞ。働きについても、お褒めであった」

　そう言いながら、十左衛門は甚助の側に座った。

「そうですか、御実城様が……。嬉しゅうございます……。痛みは少しですが楽になりました。ほんに足手まといとなって、申し訳ありませぬ」

「何を言う。十四郎と遊んでもらっているでの。お主を死なせては、十四郎に叱られるわ」

　十左衛門は苦笑いした。甚助も、十四郎のかわいい姿を思い出して表情が緩んだ。

「ところで十左衛門殿、お聞きしたいことがありまする」

　一度崩れた甚助の顔が、忍びの表情に戻った。

「信玄に向かって突入する際、敵二人を瞬く間に倒されましたが、あれはどのようにされたのですか。十左衛門殿の動きを、わしは捉えることができませんでした」

　その問いに、十左衛門は硬い表情へと変わった。

「も、申し訳ありませぬ。あまりに凄かったものですから……。あれが甲賀の秘術であれば、教えていただけぬかと思いまして……。流派を超えた愚問をお許しください……」

　十左衛門の表情が変わったことに、とっさに気づいた甚助は、すぐに謝った。

「……あれは、ただの甲賀の術ではない……」

俯いて、ボソッと十左衛門が答えた。一拍おいて、顔を上げた十左衛門は、その場の空気を変えるかのように甚助に言った。

「この辺りまで、武田の間者が入り込んでいるやもしれぬ。わしは周囲を見て来るでの。ゆっくり休んでおけ」

十左衛門は立ち上がると、そのまま暗闇のへとに消えて行った。

その姿を甚助が見送っていると、すぐに別の陰から近づいて来るものがいた。

「大事ないか」

そう言って現れたのは、真兵衛であった。

「頭！」

甚助は、驚いて体を起こそうとしたが、真兵衛は動かぬよう手で止める仕草をした。

「こんな無様な格好で、申し訳ござりませぬ」

「大丈夫そうやな。他のものがやられた中で、お前だけでも助かってよかったわ」

真兵衛の表情からは、甚助への労わりが伝わってきた。

「いや、本当に今回は危のうござりました。十左衛門殿が助けに来てくださらなければ、疾《と》うに死んでおりました」

「十左衛門か……」

「はい、あの方の忍びとしての才には、本当に驚かされます。わしなどは、到底足下にも及びませぬ」

　真兵衛は、その言葉を聞くと、眉間にしわを寄せた。

「何か、驚くような術でも見たのか」

「はあ……。とにかく疾ようございました。敵数名に取り囲まれていたのですが、十左衛門殿は、素手で瞬く間にその全てを打ち倒しました」

「素手で……」

　真兵衛の眉間が、更に深くなった。

「以前な……。あ奴が越後に来た頃じゃ。他流にも拘わらず、御実城様のお側近くに使えると聞いた我らは気にいらなんでな、あ奴が一人でいるところを脅しのつもりで取り囲んだことがあった。お前はまだ、里長《さとおさ》の下で修行をしておった頃のことじゃ」

　甚助は、真兵衛が語り始めた話に顔を向けた。

「フフッ……。我らのやっかみがあっての行動じゃったが、あの時のことは強烈に覚えておる……」

「どうしたと言うのです」

「さっき、お前が話した時と同じよ。一瞬じゃったわ……。まず、胸倉を摑みに行ったものは、摑んだ瞬間、その手を握り外され、首に一撃をくらわされて倒れ込んだ。それを見ていた他のものが皆一斉に飛び掛って行ったが、つぎの瞬間には全員がつぎつぎに顎を砕かれて動けのうなった……。それでも反撃しようと、首を打たれて倒れとったもんが必死で立ち上がって後ろからあ奴の体を両腕で絞めて動けなくした。わしはそれを見て好機と思い、飛び掛かろうとした瞬間じゃ、奴はそのままの格好で締め付けているものの左右の肋《あばら》に両の親指で指突を打って悶絶させ、そのままわしに向かって突っ込んで来たと思ったら、瞬時にわしが腰に挿していた小太刀を抜き取って、わしの首の手前で止めおった……」

真兵衛は、少し苦笑いをして、話を続けた。

「ふ〜。我ら軒猿が、赤子の如く一瞬でやられたのだぞ……。信じることなどすぐにはできなんだ……。初めて見た十左衛門の疾さには、誠、驚かされたわ」

真兵衛は話しながら、懐かしそうであった。

「ああ、そういえば、首と肋を打たれたものじゃが、打たれた瞬間、体中に痺れが走ったと言っておった。そして三日間起き上がれず、打たれた痣は、二ヶ月近く消えないままやった……。本に、衝撃的な出会いであったわい。今に至るまで、あ奴とは色々あったが、此度も味方として共に戦えて、わしは心からよかったと思おておる」

「……ちょっと違うように思いまする……」

話を聞いた甚助が呟いた。

「何が違うというのじゃ」

真兵衛は笑いを止め、思わず問い返した。

「十左衛門殿の動きでござりまする。十左衛門殿の闘術は、頭の言われるように、電光石火の如きものでござりまする。組み合った相手は、次の瞬間、地べたで苦しみ喘ぎます……。じゃがしかし、今日見た十左衛門殿の動きは、今までのそれとは少し違っていたように感じました」

「違っているとは、どのようにじゃ」

真兵衛は、興味深そうに尋ねた。

「うまく言えぬのですが、今までの闘術とは、形《かた》が違うと言うか、技そのものの質が全く違うと言うか……。敵が倒された時は、何が起こったのかすら分からなかったのですが、今思い返すと、あれはおそらく一撃必殺の技であったように思います。御実城様に信玄を討たせるため、秘めたる本来の力を出されたのかもしれませぬ」

「秘めたる力……」

甚助の言葉に、真兵衛は少し驚きの表情を見せた。

「普段の闘術ですら、並みの忍びを越えているというのに、まだ更に隠し持った術があると申すか」

真兵衛の驚きは、強くなった語気となって現れた。

甚助は、瞳を落として黙した。

「誠、あ奴の闘術は底知れぬわ……」

真兵衛の言葉を聞きながら、甚助はただ、十左衛門が消えて行った闇の方をじっと見つめた。

第二章　変事

一

永禄七年（一五六四）六月、武田信玄と死闘を繰り広げた川中島の戦いから三年が過ぎた。

上杉政虎は、この三年の間も、席を暖める暇が無い程忙《せわ》しく、北条や武田方と戦を繰り返していた。何か変わったことがあるとすれば、十三代将軍足利義輝の一字を賜り、名を「輝虎」に改めたことぐらいである。

十左衛門も、そんな輝虎に付き従い、戦に明け暮れる日々を過ごしていた。時に輝虎三十五歳、十左衛門三十三歳であった。

輝虎率いる上杉軍の行軍には、ある特徴がある。この頃の輝虎の主戦場は、勢力を伸ばしていた北条勢を相手とした関東であった。

小田原を本拠地とする北条と戦うためには、越後から険しい三国峠（標高一二四四メートル）を越えて、関東に出る必要がある。それは、行き来だけでも相当厳しいものであった。

この外征を、輝虎は生涯に十五回も行い、そして、そのほとんどは、山が雪で閉ざされる前の十一月ぐらいに出発して、帰国するのは雪解けした四月という、長対陣であった。

通常で考えるならば、大軍勢でこの時期に長期間外征を行えば、寒さで兵の幾人かが命を落とすことを考えなければならない。そして更に、敵地での長対陣となると、兵どもが食らう兵糧にも気を配る必要がある。

このようなことから、冬の戦は避けるのが得策と考えるが、越後の国主である輝虎にとっては、この時期に軍を動かすことに、一定の利点があったようだ。

それは、中世において一月から五月は端境期《はざかいき》となり、食糧不足から餓死者が出やすい時期になっていた。特に二毛作が不可能な北国越後は、それが深刻な問題であった。

戦というのは、領土拡張と言いながら、そのほとんどは略奪行為である。清廉潔白な性格で、秩序の維持と人助けを信条に戦っていた輝虎が、これをどこまで許していたかと言うと疑問は残るが、この時期に合わせて国内の大軍団を国外に出し、出兵先の食料を強奪して、それを兵達に与えることができれば、自国の食料は国元に残った老人や女・子どもに与えることができたり備蓄したりすることができるので、青苧《あおそ》の繊維で織った越後上布の輸出で大変な富を得ていた越後ではあったが、領内経営を行っている輝虎からすると、冬の時期の関東出兵は、領民を飢えさせないという点において、よかった面があったと推察できる。

また、この遠征の利点は輝虎だけではなく、末端の兵士にとっても攻め落とした土地から略奪することで、一定の充足感を味わえるものとなっていた。事実、外征から帰国した将兵達の中からは、次の越山（関東侵攻）を望む声が多く上がるようになった程である。

このように輝虎は、国内事情はもとより、北条や武田が領地拡大に動き出すと、それに呼応して動かざるを得ない状態だったので、越後にゆっくりと腰を据えることができず、常に戦場に身を置かねばならなかったのである。

この輝虎の長対陣や忍び働きのために家を留守にする時、十左衛門は、愛息子である十四郎を甚助の姉である楓に頼んで、軒猿の里で預かってもらうようにしていた。十左衛門とすれば、他流の身でありながら、息子を軒猿の里に厄介になるということには、かなり気が引けるとともに、これから軒猿の術ではなく、自らが操る術を十四郎に教え込むには、幼少期に他流との交わりをさせることに抵抗感があった。しかし、十四郎に多くの大人達や同年代の子ども達との交流をさせたいという想いと、他流の忍術に触れることは、結果的に、これから十四郎が身に付ける甲賀の術を、一層深めることに繋がるに違いないという、十左衛門の自流に囚われない広い見地から、そうすることにしていた。

十四郎を預かってくれる楓の年は二十五で、もとは前線に出る軒猿屈指のくの一であった。そのようなことを明かされなければ、忍びでないと、そのようなことに気づくことができない程、物腰が柔らかく色白で、もの静かな女であった。

今の楓は、忍びとして前線に出ることはない。普段は、春日山城内で女中を装いながら輝虎の側近くにおり、他の女中と同様に輝虎の身の回りの世話をしながら、いざという時のための警護の任に就いていた。

どうしてこのような役を担っているかというと、甚助の話では、二年前に武田方の館林城を攻めた際に、忍び入った敵陣中で交戦となり、その時、足の腱を切られたことがもとで十分な体術ができなくなったためだということであった。しかし、それだけではあるまいと十左衛門は感じていたが、甚助や楓に、それ以上は、あえて聞かなかった。

十左衛門には、忍びと父としての務めの両方を果たすために、特に頼らねばならないものがもう一人いた。それは、共に輝虎の側近くで働く飛影という軒猿である。

飛影は、十左衛門と同年であり、十左衛門にとっては、この越後でその腕を認める数少ない友と呼べるものである。その飛影の腕前は、周囲のものも認め、いずれは真兵衛の次の頭になると目されている。

十左衛門がいなければ、当然この飛影が、常に輝虎の側近くにいるべきものであったが、輝虎の命《めい》で十左衛門がその任に就いたことで、飛影は、その高度な技術を生かして、他国に入って諜報活動をするのが主な役目となった。

実は、飛影としては、この方が有り難かった。飛影は闊達であり、国元にいるより諸国を巡ることに楽しみを感じるものであったので、十左衛門が輝虎の側近くに付くことを他の軒猿がよく思わなくても、飛影一人は〝ありがてえ〟と思っていた。このようなこともあって、二人の性格は似ているとはいえなかったが、飛影と十左衛門はぶつかり合うこともなく、お互いを認め、不思議と信頼し合える関係であった。

そんな間柄において飛影は、十左衛門が息子との暮らしのために、自分を必要としているという知らせを受けると、正直、輝虎の側近くに控えることは本分ではなかったが、友のたっての願いということで帰国し、十左衛門が不在の時は、輝虎から直接出される密命を抜かりなく務める任に就いた。この飛影がいてくれなければ、十左衛門は輝虎に使えながら、この越後で息子と共に暮らすことは困難であったであろう。

十左衛門は、輝虎から春日山城近くの山の裾に土地をあてがわれ、そこに炭焼き小屋を建てて、表向きは木炭作りを生業として生活をしている。そして、小屋の周りには小さな畑もあり、大根など自分達が食べる程度のものもつくっている。

しかし、このような生活は無論表向きであり、この場の実態は、人目を避けて、これから十四郎に忍びとしての修練を行っていくための場所であり、この小屋の周囲には、さまざまな修練場や仕掛け、そして忍び働きに必用な毒薬などをつくるための多種多様な植物を密かに栽培していた。

その他、「早風《はやかぜ》」という名の木菟《みみずく》を一羽放し飼いにし、必要なときに遠方との伝達に使っていた。

この小屋に来るものはほとんどなく、時折、甚助が遊びに来るくらいであった。

六月下旬、十左衛門は輝虎の護衛を飛影に頼み、自宅から南西に二里（約八キロメートル）山間に入った小さな集落である軒猿の里へ、十四郎を迎えに行った。蟬時雨が絶え間ない暑い日である。

十左衛門は、楓の家を尋ねると、楓の祖母のお艶婆《つやばあ》から、二人は川に遊びに出ていると聞かされので、手作りの木炭と野菜を渡して川に向かった。この暑さからすれば、川の側で涼むか、川に入って遊ぶのが、子どもでなくても求めるものであった。

川に近づくと、流れる水の音が涼しさを運び、それとともに、数人の子ども達が、川に入ってはしゃいでいる声が聞こえてきた。常人では無理であろうが、十左衛門の耳には、その中に混じる十四郎と楓の声を、二町（約二一八メートル）も離れたところから、はっきりと聞き取っていた。

〝坊主、楽しんでいるな〟

口元が緩むその表情は、非情な忍びのものではなく、一人の父親の温かなものに変わっていた。

十左衛門が、河原に姿を現すと、楓がすぐに気づいて、十四郎に声を掛けた。十四郎は裸になって、他の子ども達と膝のところまで川に入って水遊びをしている。

「坊、父さまが来られましたよ」

「あっ、父さま」

十四郎は、楓の声でこちらを向くと、無邪気に手を振って、そのまま十左衛門に向かって走って来た。そして、十左衛門に跳び付いた。

「これこれ、びしょびしょではないか。着物が濡れる。いい子にしておったかぁ。早よう体を拭いて、着物を着らぬか」

十左衛門の顔は、いつも輝虎の前で見せているそれとは全くの別人といっていい程、笑顔に満ちている。

「今日は、父さまが帰って来ると、朝から待ちわびておりましたよ」

楓が、笑顔で語り掛けてきた。

「いつも世話になって申し訳ござらぬ。何か迷惑になるようなことはなかったかの」

「迷惑など、全くありませんでしたよ。私も、城中にいるよりも、坊と一緒の時の方が楽しいです。坊は聞き分けもよく、他の里の子ども達と比べたら、それはよい子で、この前などは、うちの婆やの手伝いをすると言って、水一杯入った洗濯桶を運んでくれました。坊は、うちの婆やのお気に入りですよ。うふふふふ」

十左衛門は、この楓の笑顔が好きであった。それは、この笑顔を見ている時が、自分が殺戮の中で生きる修羅ではなく、人間であることを確信できる僅かな瞬間だったからである。

「おお、そういえば、御実城様から珍しいものを頂いたのじゃ。楓殿も一つ摘みませぬか」

十左衛門は、懐から紙包みを取り出して空けて見せた。

「何でございますか」

尋ねる楓の手のひらに、十左衛門はその包みから小さな光沢のある塊を一粒渡した。

「口に含んでみるといい」

不思議そうに、初めて見るその小さな粒を楓は口に入れた。

「わぁ、甘い」

楓は、初めて食べるその粒に、素直な驚きを表した。

「あっはっはっ……。甘もうござるか。これは、金平糖《こんぺいとう》と言う南蛮菓子じゃ。怪しまなんでも、毒薬とは違うでの安心なされよ。しかし、旨すぎて倒れたならば、毒薬と同じになってしまうが、その時は、わしの責任ではないぞ。それは、倒れるものの舌が悪いのだ。おお、そういえば、先程お艶婆に食わしたら、その旨さに驚いて、その名のように顔中のしわが伸びて艶やかになり、倒れそうであったわい。あっはっはっ……」

普段はすることのない十左衛門の大きな笑い声に、遊んでいた子ども達が皆驚いて、こちらに顔を向けた。

「これは、御実城様が都の公家より送られたものなのじゃが、ご存知のとおり御実城様は甘いものを口にされぬ。今日わしがここに行くことを伝えたら、里の子ども達に食わせてやってほしいと持たされたのじゃ。戦場《いくさば》にいる時は、軍神のような方ではあるが、そうでない時は、下々のことをよう考えてくださる、ほんに心優しき方でござるよ」

「誠に、そうでいらっしゃいますね」

楓は、笑顔でそう答えると、子ども達に菓子があるから集まるように呼び掛け、金平糖を一粒ずつ子ども達の口に入れてあげた。喜ぶ子ども達の笑顔と楓を見て、十左衛門は、これこそが自らの命を掛けてでも守らねばならぬ掛け替えのない大切なものであることを、静かに感じていた。

十左衛門親子と楓は、一旦楓の家に戻ることにした。

「金平糖おいしかったなぁ。また食べたいなぁ。父さま、また虎の殿様にもらってきてぇ」

十四郎は、歩きながら無邪気に父に語り掛けた。〝虎の殿様〟とは、無論、輝虎のことである。

「う～ん、どうかな。虎の殿様は色々なところに行って忙しいからの～」

楓は、二人の会話を聞いて、笑みを浮かべて俯いている。

「あっ、父さま、楓姉ちゃんすごいんだよ。昨日、お姉ちゃんと山に行ったんだ。そしたら雉がいて、それを姉ちゃん、こんなふうに手裏剣を打って当てたんだ。夜はそれを鳥汁にして食べた。姉ちゃんの手裏剣、本当にすごかったよ」

十左衛門は、楓の方を見た。楓は少し目を合わせたが、すぐにまた俯いた。

「そうか、楓殿の手裏剣は、そんなにすごいのか。今度は、わしも習わんといかんな」

「十左衛門様、あまりからかわないでください。坊も、そんなことまで言わなくていいのよ」

楓は、優しい表情のまま、怒りっぽく言った。そのような三人の姿は、傍から見れば、仲のいい親子のようにしか見えなかった。

やがて三人は、楓の家に着いた。

「婆ちゃん、今帰ったよ」

「おお、坊、父さまに会えたがかね。こりゃ嬉しいねぇ」

「うん。今日から父さまと一緒にいれるんだ」

十四郎の声は、弾んでいた。

「十四郎、帰る支度をしてきなさい。日が暮れるまでに家に帰るでの。わしは外で待っておる」

十四郎は頷くと、家の中に駆けて行った。

「楓殿、明日からお城か」

十左衛門は、隣にいる楓に尋ねた。

「はい。十左衛門様は、しばらくお暇をもらっておいででしょう。お城に戻られるまでは、私と飛影様で御実城様からの御用と警護を抜かりのう務めますゆえ、安心して坊と一緒にいてあげてくださりませ」

楓は、しっかりとした口調で答えた。

「いつも忝《かたじけ》のうござる。わしのように、いつも城にいられないものが、御実城様直属の忍びであってはいけないと思うておるのだが、御実城様が、そんなわしであっても役目を解かれず頼りにしてくださるので、つい御厚意に甘え、勝手をさせてもろうておる……。楓殿と飛影には、本当に感謝の言葉もない」

十左衛門は、真面目な顔をして頭を下げた。

「そんなこと言われないでください。私にとっても、今の暮らしは心地よく思っているのです。忍びとして、御実城様のために働くことは使命だと思っておりますし、坊と一緒にいられることも嬉しく思っています。逆に、十左衛門様がお城勤めを退かれたら、私は坊と遊べなくなるじゃないですか。父さまは、安心して虎の殿様の面倒を見てくださいまし」

楓は、少し愛嬌を込めて十左衛門に言った。それを聞いて十左衛門は、〝こりゃ参った〟というような仕草をした。

「時に、楓殿」

十左衛門が、思い出したかのように語り掛けた。

「先程、十四郎が言っておったことなのだが、楓殿の手裏剣の腕前をわしに見せてくれぬか」

楓は、いきなりの申し出に少し驚いた。

「私の手裏剣などは、腕前などと言えるものではありません。山鳥を仕留めるなど、忍びであれは誰でもできますし、ましてや十左衛門様にとっては、雑作もないことでございましょう」

楓は、少し困惑しながら答えた。

「いやいや、そう言わず、何を的にされてもよいから、打って見せてくれぬか」

そう言うと、十左衛門は手甲から二枚、棒手裏剣を抜き取って、楓に渡した。楓は少しためらったが、それを手にすると、その表情から瞬時に今までのにこやかさが消え、忍びの顔になった。

「……では」

楓は、そう答えると、静かに構えた。

少しの静止の後、かすかに風が通り過ぎたその時、五丈（約十五メートル）先の櫟《くぬぎ》の木の葉が数枚散った。

ピシュッ　ピシュッ
楓の放った二枚の手裏剣は、風を切る音とともに、それぞれ散った葉を捉え、そのまま櫟の幹に突き刺さった。

〝ほお……〟

一瞬の動作であったが、十左衛門の目は、楓の細かな動きを見逃さなかった。

〝あの男が見たら、何と言うか……〟

十左衛門は、甲賀にいる投術の達人を思い出していた。

楓の投術は女らしく、腕をしなやかにしねらせ、その反動から生まれる力を全て手裏剣に伝え打つ癖の無いものであり、その姿は、美しいと感じるものであった。戦の傷がもとで、跳術に難があるとしても、投術に関しては、さすがに第一線で働いていただけのことはある上級の技量と速さであった。

「お見事。では、わしも」

そう言うと十左衛門は、すかさず楓の放った棒手裏剣が刺さる櫟の木に向かって三本の棒手裏剣を放った。その速さは、楓のそれをはるかに超えており、音のない音とともに、鋭く突き刺さった。

「楓殿、わしが居らぬ時、十四郎に手裏剣の手ほどきをしてもらえぬか。今は、村の若い衆から、里の子ども達と一緒に跳び撥ねの修練に入れてもらっておるが、是非楓殿には、十四郎に投術の基礎を教えてもらいたい」

「何を言われます。私は、田舎忍びです。到底十左衛門様が求められる程の技量を坊に付けてあげることはできませぬ。この里のものは、素直に認めようとはしませんが、やはり我ら軒猿と甲賀の忍術には、大きな開きがあると思えます。坊には、十左衛門様が甲賀流の忍術を教えられませ」

　楓は、遠慮するように答えた。

「いやいや、楓殿。そう堅苦しく考えなくてもよいのじゃ。十四郎には、これからわしが、わしのもっている全ての術を授けていくつもりじゃ。しかし、まだしばらくは、わしも御実城様のお側を離れることができぬゆえ、十四郎に修行を積ませる暇《いとま》がない。今見せてもらった楓殿の投術には、わし自身感じ入るものがあった。できれば、そなたのもつ技術を、十四郎に授けてやってもらいたいのじゃ。どうか、引き受けてくれぬか。それに、わしの流派は、純粋な甲賀流と、ちと違うのじゃ……」

「純粋な甲賀流ではない？……」

　楓は、不思議そうに呟いた。

「いやいや、気になされるな。我が流派は、ちと複雑での……。甲賀の中でも異質というか、千変万化する戦いの場において、甲賀の術を機軸にしながら、日々それに合わせて変化を遂げる変幻自在の術が我が流派なのだ。よって、さまざまな流派の術を取り入れることは、十四郎にとって、悪いことではないのだ」

　十左衛門は、自らの流派について、今まで一切口にすることがなかった。その十左衛門が、このような自らの流派の特質を口にしたことに、楓は少なからず驚いた。

「日々、変化を遂げる忍術……」

楓はそう呟くと、視線を下げた。

「どうじゃ。頼まれてくださらぬか」

楓は、顔を上げた。

「分かりました。坊が、決《けっ》して敵に殺られぬ強き忍びになれるよう、お手伝いをさせていただきます」

「そうか、本当に忝い。良しなにお願い申す」

十左衛門と楓は、共に十四郎を鍛えるという目標を得、今まで以上にその信頼を深めた。

「十四郎まだか。帰るぞ。お前の好きな鍬形虫《くわがたむし》を捕まえたから、早よう出て来い」

そう言うと十左衛門は、先程の櫟の木の方に向かって歩き出した。そこには、三本の棒手裏剣によって身動きを止められている大きな一匹の鍬形虫がいた。

二

七月に入ると、十左衛門は城に戻った。控えている場は、輝虎の居間に面する庭の中である。その存在は、忍びといえど、容易に感知することはできず、それは、蛙《かわず》のような小動物の方が見つけやすい程、完璧に気配を消し去り、庭と同化したものであった。

〝御実城様の影〟

上杉家家臣団は皆、十左衛門のことをこう評している。

十左衛門が戻って間もなくの七月五日の昼過ぎ、宇佐美定満が輝虎に謁見を願い出て、他のものはいない中、居間で二人だけの話し合いが持たれていた。庭に控える十左衛門は、距離からして、中で行われている話し合いの内容を、その聴力から聞くことは可能であったが、普段からそのようなことは全くしない。必要なことがあれば輝虎からお呼びが掛かるので、十左衛門は、輝虎の身に危険が生じていると察知しない限り、ただ静かに動かず、無心となって控えた。

「定満、それはならぬぞ！」

忍びではなくとも、十分聞こえる大きな輝虎の声が、居間から聞こえてきた。

「それでは、御免！」

「定満、待たぬか！」

それは、誰が聞いても、何がしかの話し合いが決裂したことを容易に分からせるものであった。

定満は、輝虎の制止も聞かず、障子を開け、庭に面する縁側に出て来ると、ピシャりと後ろ手で障子を閉めた。そして帰りかけようとした時、一瞬止まって庭に顔を向けた。

それを、十左衛門は目玉だけ動かして見た。

定満はじっとしているが、少し口元が動いた。声は出ていない。

〝ジャ・マ・ヲ・イ・タ・ス・ナ・ヨ〟

十左衛門は、少しハッとした。十左衛門は、口を読むことができる。

〝これは、わしに向かって発しておる……〟

定満は、十左衛門がどこにいるか、全く分かってはいない。ただ、この庭のどこかにいることだけは承知していた。

定満は、グルッと庭を見回すと、ドス、ドスと、大きな足音を立てながらその場から消えて行った。

「十左！」

輝虎が、声を上げながら縁側に出て来た。

「これに」

十左衛門が、草一つ動かすことなく輝虎の前に現れ、片膝を突いて控えた。

「見ておったか」

「はっ」

輝虎は、喋ろうとして息を吸ったが、そのまま息を吹きながら顔を斜め下に向けた。

「御実城様、宇佐美様と何か……」

十左衛門は、少ない言葉で輝虎に問い掛けた。

「……十左。定満は、政景殿を殺すつもりじゃ」

十左衛門は、頭は上げなかったが、目を見開いた。

「政景様を……」


政景とは、坂戸城主長尾越前守政景のことであり、御年三十九、輝虎とは因縁浅からぬ知勇兼備の勇将である。

政景は、姓からも分かるように輝虎と同族で、輝虎の姉婿でもある。政景の家は、上田長尾氏と呼ばれ、魚沼郡上田庄を本拠とし、巨大な山城である坂戸城を居城として、その一帯に勢力を誇っていた。その系図をたどれば、上田長尾氏は越後長尾氏の宗家であることから、政景とそれに従う上田のものからしてみれば、越後守護代の職に就くのは自分達であるという思いがある。よって、宗家でもない府中長尾氏の出である輝虎が、守護代をも超えて国主の座にあることを、あまりよくは思っていなかった。

そもそも輝虎と政景は、今に至るまでにさまざまな紆余曲折があった。話は、輝虎の父である為景の代に溯る。

為景の勢威が盛んな時、守護である上杉定実との間に争いが起きた。この時政景の父房長は、為景と袂を分かって敵となり、その結果、為景は隠退して程なく亡くなった。その後を継いだ輝虎の兄晴景は、天文五年（一五三六）に房長と和を結ぶ証として妹（輝虎の実姉。お綾の方。後の仙桃院）を政景に娶《めと》らせることで争いは収まった。

政景にすれば、晴景が病弱であったので、このひ弱な守護代を操って、いずれは自らが権力を手にすることも考えていたであろう。しかし、時を同じくして晴景は、林泉寺にいた弟である輝虎（当時は長尾景虎）を還俗させ、政情不安な中越地方の敵対勢力の鎮圧に当たらせた。すると輝虎は、生まれ持った軍事的才能を如何なく発揮して、瞬く間に敵を征圧して諸侯を驚かせた。

この出来事から、諸侯の中に晴景よりも輝虎を主君として担ごうとする動きが生まれ、次第に国内に晴景派と輝虎派が形成されるようになった。

政景は、自らの立場を守るため、晴景派の中心となって輝虎討伐の兵を挙げたが、結果は守護上杉定実の斡旋で和解が成立し、天文十七年（一五四八）に守護代の座は晴景から輝虎に移ることとなった。

それ以後しばらく、政景は輝虎と折り合いが合わず、上田に籠もって参勤もしなくなってしまった。このことが叛意と見なされて、天文二十年（一五五一）に両者の間で、再び戦端が開かれた。この戦いは、戦力に勝る輝虎が政景方を圧迫したため、劣勢に立たされた政景が折れて和睦を申し出ることで終結となった。

輝虎としては、越後の統一を確固たるものにするため、政景・房長親子を殺すつもりであったが、老親の諫めで許さざるを得ないものとなった。

その後政景は、輝虎に忠節を誓い、大いに盛り立てた結果、上田長尾氏の待遇は劇的に良くなり、政景は重臣として取り立てられ、輝虎が留守の時は、春日山守備の役を任される程、信頼は厚いものとなった。

以前ならいざ知らず、輝虎を支える重臣となった今の政景を、何故殺さねばならぬのか……？　考えられるのは唯一つ。宇佐美定満が、配下の軒猿から、政景に関する何がしかの不穏な情報を得たのではないか。十左衛門は、輝虎が詳しい話をする前に、独自の見解をもった。

「十左、定満は、政景殿が武田と通じておると、手のものの知らせで知ったようじゃ」

〝やはりそうか〟

十左衛門は、落ち着いて輝虎の言葉を聞いた。

「先日、国境《くにざかい》を守る軒猿が、武田の忍びと交戦になり、それを仕留めた。そしてその忍びの懐から、これが出てきた」

輝虎は、そう言うと、手に持った紙切れを十左に投げた。

「拝見仕る」

十左は、地面に落ちた薄いそれを手に取り、鋭い目つきで読んだ。

〝これは……！〟

それは、武田の重臣で川中島にある信濃海津城主の高坂弾正が、政景に宛てた密書であった。それには、上杉と武田が再び合間見えた際、越後に残った政景が国内で反乱を起こし、上杉軍を挟み撃ちにするというものであり、その見返りに、越後が武田のものになった暁には、その統治を政景に任せる旨が認《したた》めてあった。

「十左、これをどう見る」

輝虎が、険しい顔で聞いた。

「俄《にわか》には信じられませぬ。十年前ならともかく、今の政景様が謀反を起すなど……。これは、偽の文《ふみ》を使い、我らを混乱させようとする信玄一流の調略であるように思いまする」

「……そちもそう思うか……」

輝虎の顔は、険しさを増した。

「今、そちが申したように、わしもこの文を見てそう感じた。信玄は、他国を奪うためには、あらゆる謀略を使ってくる。その謀略に、何度煮え湯を飲まされたことか」

輝虎の表情には、激しい怒りが表れていた。それはかつて、信玄の調略により、越後北条《きたじょう》城主の北条《きたじょう》高広から裏切られた苦い経験があるからである。

「御実城様、定満様は、どのように考えられておられるのですか」

十左衛門は、輝虎に顔を向け強く問うた。

「定満は、我ら同様、これが偽文であるかも知れぬと思っておるようじゃ。しかし、事実であれば、捨て置くわけには行かぬゆえ、急ぎ手を打とうと考えておる」

「それで、政景様を殺められると……」

「うむ。かつて定満は、政景殿が兄者の側に付いてわしに戦いを挑んできた際、その間に入って調停役となってくれた。その甲斐あって、政景殿は矛を収められたのだが、わしはあくまでもそれを許さず、政景殿を討つつもりであった。しかし、政景殿を討てば、上田衆が再び戦を仕掛けてきて、越後の統一は危うくなると定満に諌められ、わしは政景殿を許すことにしたのじゃ……。ただ、そうした定満であっても、このような行動を起した政景殿は、心から信じることができない相手だと警戒し、いずれは討たねばならないと考えていたようじゃ。そうした中での此度の武田との疑いじゃ……。かつては、政景殿を討つような国内事情ではなかったが、ようやく収まりをみた今であれば、より国内を強固にするため、事実がどうであれ、この疑惑を理由に政景殿を排除すべきと定満はわしに言いよった。かなり詰め寄られたが、今の政景殿が、武田と通じるなどわしには到底思えぬゆえ、すぐには動かず、まずは更なる情報を集めるように定満に命じたが、あ奴は聞き入れずに出て行きおった」

輝虎は、節目がちになって、大きなため息をついた。

「御実城様、いかがなされますか」

十左衛門は、苦い顔をしている輝虎に問い掛けたが、輝虎は空を仰ぎ見て、判断に困っている様子であった。

「御実城様、内容からしてこの進言は、並々ならぬ覚悟があってのことと推察致しまする。であれば、御実城様に打ち明けた以上、宇佐美様は、御実城様に火の粉が掛からないような形で、すぐにでも動かれる可能性がありまする」

〝ジャ・マ・ヲ・イ・タ・ス・ナ・ヨ〟

十左衛門は、先程定満が己に向けて発した言葉と、その時の様子を脳裏に浮かべながら輝虎に言った。

「なにぃ！」

十左衛門の言を聞いた輝虎は、すぐに十左衛門の方に顔を向けた。

「定満は、政景殿を討つために、すぐに動くと申すか」

輝虎の言葉には、驚きと焦りがあった。

「……おそらく、今日中に動かれるように思いまする……」

十左衛門は、先程よりも硬い表情で答えた。

「今日中だと！」

輝虎の鋭い視線は、十左衛門を刺した。

「十左、止めよ！　止めねばならん！　政景殿も定満も、失うわけにはいかんのだ！

絶対に、定満に手を出させてはならん。秘密裏にことを収めるのだ！」

輝虎は身を乗り出し、十左衛門に言い放った。

「かしこまってござりまする。では、早速向かいまする」

そう答えると、十左衛門は、庭の植え込みの中に姿を消した。

〝頼んだぞ十左〟

輝虎の心の中は、暑さの中に映える庭の鮮やかな緑とは対照的に、暗く澱み始めていた。

三

十左衛門は、速かった。春日山城の中腹にある輝虎の館から離れてほとんど間がない内に、その姿は広く入り組んだ城内にはなく、家臣らの住まいが続く城下の一帯と、その先に広がる農村集落を、侍姿に身を変えて一気に馬で駆け抜けていた。しかし、その腰には小太刀だけがあり、太刀は差していない。

十左衛門が向かわなければならない場所は、二箇所に絞られる。その一つは、定満の居城である琵琶島城、そしてもう一つが、政景の居城である坂戸城である。

このような時、判断を間違えることは決して許されない。それはもちろん、目的遂行のためであるが、もし上手くことを運べなかった場合には、戦が起こりうる危険性があるからである。このギリギリの選択をしなければならない中、十左衛門は迷うことなく坂戸城に向け疾駆した。

春日山城から、琵琶島城は直線距離で北東に十二里（約五十キロメートル弱）のところにあり、坂戸城は東に二十里（約八十キロメートル）のところにある。できうるならば、琵琶島城内とその周辺に潜んで定満の動きを調べ、それに応じて対処したいところであるが、この状況からすると、おそらく定満は、昨晩もしくはこの数時の間に一部の重臣と軒猿にことを起すことを告げ、既に動き始めているはずである。であれば、琵琶島城ではなく、狙われる政景がいる坂戸城に向けて走り、その身辺を警護することが、まずもって行わなければならない大事である。そのことを十左衛門は、今までの経験と忍びの感から読んだのである。

時刻は、酉の刻（午後五時）に入り、日が西に傾き始めた。

〝この山道を抜ければ坂戸城が見える。だが、ちとおかしい……〟

十左衛門は、真夏に拘わらず、日が射さないためひんやりとした薄暗い杉林の街道を、ひたすら駆け抜けていた。が、その時、十左衛門を乗せた馬が激しく跳び跳ね、十左衛門は、振るい落とされそうになった。

〝鉄菱か！　やはり来たな〟

十左衛門は、敵の襲来を察知しながら制御不能となった馬の背を蹴って宙に舞い、回転しながらきれいな弧を描いて着地した。その足先が地に着いた時には、既にその右手に小太刀が握られ、戦闘態勢となっていた。

「相変わらず、見事な身のこなしだの。見事すぎて、次の攻撃の手が止まってしまうわ」

声がする方向に、十左衛門は鋭い視線を向けた。そしてその顔は、すぐに驚きの表情となった。

「お主か……」

鬱蒼と生い茂る杉林の陰から、音もなく真兵衛が姿を現した。

「十左衛門、ここから先に行かせるわけにはいかぬ」

真兵衛はそう言うと、両手にもった十字手裏剣を十左衛門に向けて打った。十左衛門は、即座に身を翻して難なくこれを避け、低い姿勢で真兵衛を睨んだ。その直後に、先程まで十左衛門の後方で倒れ、蹄を貫く鉄菱に苦しんでいた馬の動く音が止んだ。

十左衛門は、振り返ることはしなかったが、真兵衛の手裏剣により、馬が絶命したのを察した。

「足をやられた馬は、もう使えぬからな。せめてもの慈悲じゃ」

「真兵衛殿、御実城様は政景様を救えとの仰せじゃ。政景様に何かあれば、宇佐美様もただでは済まぬ。お主もわしと共に、宇佐美様を止めるのじゃ」

「それはできぬ。政景様の命を狙えば、宇佐美の家そのものが危うくなることを我が殿は十分承知しておる。しかし、政景様をこのままにしておけば、また越後国内に騒乱が起きるやもしれぬ。そのような危険な火種は、小さくとも消し去らねばならぬのじゃ。御実城様のため、此度のことは、殿も我らも決死の覚悟で臨んでおる」

そう言うと、真兵衛は鋭く光る太刀を抜いた。

「よすのじゃ。御実城様は、同士討ちは望まれておらぬ」

　十左衛門は上体を起こし、戦いの体勢を解いた。

「問答無用！　我らがここで闘い、どのような結果になっても、お主の坊主には一切危害を加えぬよう里のものにはしかと言いつけておるゆえ、安心して闘うがいい。わしも遠慮せぬからな。いつぞやのようにはいかぬゆえ覚悟せよ！」

　真兵衛は、敵意の言葉を吐き捨てた後、真っ直ぐ十左衛門に向かって突進し、右上から斜めに刀を振り下ろした。その直後、十左衛門が素早く真兵衛の剣を小太刀で受け止めた金属音が、暗く静かな空間に響いた。

「実はの、並のものが束で掛かっても、お主は止められぬゆえ、わしは飛影にお主を止める役目を言い渡したのじゃ。しかし、あ奴はそれを拒みおった。それは許さぬとわしが詰め寄ると、あ奴はその場で己の足を短刀で突き刺し、脂汗を流しながら、これで戦えぬと笑っておったわ」

〝何！〟

　十左衛門は、真兵衛の剣を受け止めながら、驚きを隠さなかった。

「他流でありながら、どうしてお主は、こうも我ら軒猿のものから好かれるのかの。頭としては、これをどう捉えてよいか困ったもんじゃわい」

　真兵衛は刃を合わせた状態から、足元の土を蹴り上げて目潰しにすると同時に後方に跳んだ。そして手裏剣を乱射した。

十左衛門は、視界を奪われながらも素早く木の陰に身を隠してそれを避け、なおも語り掛けた。

「真兵衛殿、もう止めるのだ。わしはお主と闘いたくない」

「影に生きるものが、いつまでも甘っちょろいことを申すな！」

真兵衛は、木々の陰を次々に移動し、十左衛門の側面に回りこむと、再び手裏剣を浴びせ掛けた。

十左衛門は、それをかわしながら別の木の陰に隠れると、一切の気配を隠した。

〝どこに隠れた〟

真兵衛は、田舎忍者の軒猿とはいえ、その頭である。よって、その腕は他流のものと比べても引けをとらず、その能力は一流であった。よって、戦闘において敵を見失うことなど、まずもってあり得ないことであったが、その真兵衛が、今は十左衛門の位置を把握できず、焦りの色を見せた。

〝どこだ……〟

真兵衛は、全身のありとあらゆる神経を研ぎ澄まして、十左衛門の位置を探った。その耳は、地面に落ちた杉の葉の下を移動する小動物の動きまで感知した。しかし、全く十左衛門の気配を捉えることができなかった。

〝あり得ぬ、近くにいるはずだ。どこに隠れた〟

恐ろしく静まりかえった空間に、真兵衛は一人いた。

「やはり、もう止めよう」

〝えっ！〟

とっさに真兵衛が振り返ると、目の前に十左衛門がいた。持っていた小太刀は、鞘に納められている。

〝いっ、いつの間に……〟

「お主では、わしの動きを捉えられぬ」

〝何を言っている……。わしは軒猿の頭だぞ……〟

十左衛門の動きと言葉に、真兵衛は少し同様しながら後ろに下がり間合いを広げた。

「真兵衛殿、お主は本気でわしを止めようとはしておらん。もし止めようとするのであれば、この辺り一帯に手下を潜ませ、罠を張り巡らしているはずじゃ。だが、いくら探っても、一つとしてそのような気配はない。そのような相手を、わしは殺すことはできぬ！」

真兵衛は、間合いを広げながら、十左衛門の言葉を聞いた。

「……ふはははは……。見抜いておったか。そうじゃ、確かにわしは殿よりお主を止めるように仰せつかった。しかし、わしはここにお主を止めに来たのではない。一人の忍びとして、お主と勝負するために来たのだ」

真兵衛は、少し笑みを浮かべた。

「お主の忍びの技量は、誠に驚かされるものじゃ。悔しいが、それは我ら軒猿を超えておる。それは、甲賀流が我らの忍術を超えているからか、それともお主の忍びとしての才が、我らを凌駕しているからか、わしはお主と闘って、それを知りたいのじゃ……」

真兵衛の言葉を、十左衛門は黙って聞いた。

「……甲賀の忍びが、軒猿を超えておるなど、一度も思ったことはない。双方とも、それぞれに優れたところがあるとわしは思うておる。ただ、わしの技量がどうかは分からぬが、わしの流派は、確かに軒猿の術を超えておるやもしれぬ……」

〝何を言っている?……〟

真兵衛は、十左衛門の言葉の意味が分からなかった。

「お主は、甲賀の忍びであろう。今の話では、甲賀者であるが、流派は違うと申すか！」

「……いかにも、我が流派は、甲賀の傍流でござる」

「甲賀の傍流？」

初めて聞く話に、真兵衛は困惑した。

「甲賀の傍流とは、いかなる流派なのだ！」

十左衛門は、その問いに口を閉ざした。

「言えぬのか。かつて甚助が、川中島での決戦のおり、お主が不思議な闘術を使ったと申しておった。それこそ、お主の流派の秘術であろう！」

その問いに十左衛門は、真っ直ぐに真兵衛を見て答えた。

「……これ以上は言えぬ……」

真兵衛は、下がる足を止めた。

「であるなら、忍びとして、力ずくでその秘術を見せてもらうしかない。十左衛門、本当の力を見せてみよ！」

真兵衛は、懐より何か取り出し、それを十左衛門の足元に叩きつけた。それは瞬く間に白煙を吐いて周囲の視界を奪った。

〝鳥の子（煙玉）か！〟

辺り一面煙に覆われた中、十左衛門は神経を集中させ、真兵衛の攻撃に備えた。そこに、四方から十字手裏剣が浴びせられた。十左衛門は、舞の如くそれを避けたが、その一部は体をかすめ、そこからはうっすらと血が流れた。

〝間合いを詰められている……〟

そう察した十左衛門は、懐から蘇芳染《すおうぞめ》（黒味を帯びた赤色）の三尺手拭いを取り出し、その端を持って長めに垂らした。そこに、再び十字手裏剣が襲って来た。

「無駄だ！」

十左衛門は、手拭いを鞭のように扱い、飛んで来る手裏剣を全てからめ取って、その攻撃を無力化した。そこに、刀を構えた真兵衛が、煙の中から突入して来た。その動きは、先程のものよりも速く、上体は少し低い。

〝真っ直ぐには斬り掛かって来ない。変化して来る〟

十左衛門がそう見越したとおり、真兵衛は十左衛門の手前で左に行くと見せかけ右に跳び、そこから斬り掛かった。その刹那、十左衛門は、その振り下ろして来る剣に向かって、左手の拳を見えぬ速さで繰り出した。

グッツ……

鈍い音がした……。

十左衛門の拳は、中指だけが一段突き出された形となっており、それが刀を握った真兵衛のまだ振り下ろされる前の右腕の肘の窪みに、楔のように深く打ち込まれていた。

「ぐわああああああ…………」

冷ややかな杉林の中に、真兵衛の苦しむ声が響き渡った……。真兵衛は刀を取り落とし、十左衛門の前にうずくまり、油汗を流した。

「なっ、何をした……。腕が……腕が……」

「〝雷電〟……」

「……雷電だ・と……。この技が……、甚助が言っていた秘術か……」

真兵衛の腕は、肩から指先まで激しい痛みと痺れに襲われ、真兵衛は吐き気まで催していた。

「甚助の前で見せた技こそ秘術。これは、我が流派の闘術の一つにすぎぬ……」

〝これは、秘術ではないだと……〟

真兵衛は、痛みを堪えながら目の前に立つ十左衛門を見上げた。

「骨が縦に裂けておるはずじゃ。それゆえ、これから半月程は痺れが引かず、その腕は使いものにならぬ。じゃが、二・三ヵ月もすれば徐々に回復するゆえ、安心なされよ」

「……このわしが、何と無様な……。殺せ、殺すがいい……」

充血した目で、真兵衛は十左衛門に言った。

「わしに、お主を殺すことなどはできぬ。お主には、今までどれだけ世話になったか。わしにとって軒猿は、今や同士であり家族なのだ。それに、ここでわしがお主を殺そうとしても、あいつが許さんであろう」

「あいつだと……?」

真兵衛は、痛みに耐えながら十左衛門に問うた。

「もう終わった。出て来い」

十左衛門は、杉林の奥に向けて叫んだ。すると、十左衛門の後方の白煙の中に人影が現れた。

「飛影!」

真兵衛は、少しずつ晴れる白煙の中に、飛影が一人立っていることに驚きを隠せなかった。

「十左衛門、いつから気づいていた」

自らの足を短刀で刺したことは誠のことらしく、飛影は右足を引きずりながら言った。その足は、手当てはしているようであったが深手らしく、太ももの辺りの衣服には、血が滲んでいた。

「気づいていたのではない。お主であれば、ここにお頭一人を行かせることはせぬであろうと思っていただけだ」

「そうか……。何でもお見通しだな」

「そのようなことより、此度は、わしのせいでお主に酷い思いをさせてしまったようじゃ。申し訳ない……」

十左衛門は、悲痛な表情で飛影の足に目をやった。

「ああ、これか、これなら心配いらぬ。このような傷はいずれ治るが、お主との戦いは、一生傷として心に残るからな。これでよかったのじゃ。それより十左衛門、時がないぞ、殿は間もなく政景様のところに着く頃じゃ」

「飛影、それ以上申すな！」

真兵衛が、苦痛に顔を歪ませながら飛影の言葉を止めた。

「頭、やはりこの計略は無謀じゃ。このままでは我が殿も命を落とされる。そうなれば、殿に従う我ら軒猿もどうなるか分からぬ」

「黙れ飛影！」

「いいや、これればかりは、お頭の言うことは聞けぬ。御実城様が止めようとされておるのじゃ。御実城様の命に従うことこそ、我ら軒猿の本分にござる」

そう言うと飛影は、怪我などしていないような素早さで、真兵衛の背後に回った。

「御免！」

そう言うと、飛影は真兵衛の後頭部に手刀で一撃を加えた。

「飛影……」

真兵衛は意識が薄れ、その場に倒れこんだ。

「十左衛門、頭のことはわしが引き受けるゆえ、急ぎ坂戸城近くの野尻湖に行け」

「野尻湖じゃと、何故そのようなところに」

「実は数日前、我が殿は、政景様から舟遊びの誘いを受けたのじゃ。この誘いを殿は、政景様を葬るのに好機と捉え、今日まで密かに準備を進めておられた」

〝そうか……。計画を立てたはいいが、それを御実城様に反対され、邪魔されるのを警戒して、決行日である今日、定満様は御実城様に事の次第を伝えたのか〟

十左衛門は、飛影の言葉で、全てを把握した。

「遊宴が始まるまでに、もう半時しかないぞ。湖の周囲と湖底には、既に軒猿数名が配置されておる。難しいとは思うが十左衛門、何とか殿を止めてくれ、頼む！」

「分かった。後は任せておけ。では、参る」

十左衛門は袴を脱いで軽装になり、飛影と一度目を合わせると、そのまま樹木の中に駆け出した。

「頼むぞ十左衛門……」

飛影は、十左衛門を見送りながら、ポツリと言った。そして、十左衛門が拳を打ち込み、そこが紫色に変色し腫れ上がっている真兵衛の腕に目をやった。

〝何という技か……。いつ打ち込んだのか見えなかった……。あれが……〟

飛影は、真兵衛を倒した十左衛門の闘術を思い返しながら、体中に冷たいものを感じた。

四

野尻湖は、長野県の野尻湖ではなく、坂戸城近く、現在の南魚沼郡塩沢町谷後《やご》にあった小さな湖であった。今では、その後に起こった山崩れによって、当時の面影をとどめていない。

上杉政景と宇佐美定満は、それぞれ二十名程の供を引き連れて、酉の刻の少し前には、湖の船着場である樅《もみ》が崎に着いていた。政景の供の中には、十歳になる嫡男喜平次の姿があった。

「定満殿、ようお越しくだされた。お忙しい中、ご無理なさったのではありませぬか」

先に来ていた政景が、少し遅れて来た定満を丁寧に迎え入れた。

「いやいや、此度はお招きに預かり、嬉しい限りにござる。湖上に船を浮かべての酒宴など、風流、風流。毎日こう暑いと老体には応えまするゆえ、このような趣向にお呼びいただけるなど、願ってもないことにござるよ」

「そう言っていただけると、わしも招いた甲斐があったというもの。ささ、早速船に参りましょう」

政景と定満は、上機嫌で乗船した。船は二艘あり、それぞれ船頭を入れて七・八人は乗れる大きさで、一艘が政景と定満、そしてそれに付き従う供のもの二名ずつが乗り、もう一艘には、喜平次とその供のもの二名に定満の家来二人が乗った。船はゆっくりと湖の真ん中辺りまで行くと漕ぐのを止め、その船体をわずかに揺れる湖面に任せた。

「御老体、まずは一献」

政景が酒を取り、定満に酒を勧めた。

「これは、忝のうござる」

定満は、注がれた酒をすぐさま飲み干し、政景に返盃した。そうして、一刻程酒を楽しみながら、二人はあれこれと気の向くまま談笑し合った。

陽が落ち始めると、船にも灯りがともされ、湖の周囲にも篝火が焚かれた。空に浮かぶ月の輝きも周囲を明るく照らし、湖の一帯は、それぞれが織り成す光によって幻想的な空間となった。

「いやぁ御老体、お年に拘わらず、よく飲まれますなぁ。この政景、とっくに酔ってしまいましたぞ」

「これしきの酒で何を言われる。政景殿、ほれ、もう一献」

「忝い。それにしても、今まで定満殿とは、さまざまなことがござった。戦の折には、お主の城に火を掛けたこともあった。立場の違いによって生じたこととはいえ、ここで改めてお詫びを申す。これからは、更に助け合っていきましょうぞ」

政景は酔ってはいたが、定満の目をしっかりと見て頭を下げた。

「……頭を上げてくださりませ。それより……」

定満の顔つきが変わった。

「今宵の船での酒宴、他のものには聞かれたくない特別な話があるのではござらぬか」

政景は、思わぬ定満の言葉に少し戸惑った。

「特別な話？　はて、何のことでござろう」

「はい、例えば武田がらみのことなど……」

「武田とな？　武田がどうかなせれたか」

定満が、手に持った杯を膳の上に置くまで、わずかな沈黙が生じた。

「我が手のものによりますれば、あなた様が近頃、武田方と密書のやり取りをしていると報告を受けております……」

「密書じゃと？」

政景は、思わぬ定満の言葉に驚き、先程まで虚ろであった目を大きく見開いた。それと同時に、政景の後ろで控えていた供の国分彦五郎と売間《うりま》又次郎の顔つきが変わった。定満の供の二人は微動だにせず、依然として座したままである。

「密書などわしは知らん！　まさか……御老体は、わしが謀反でも起そうとしているとでもお思いか！　それを相談するためにここに呼んだと……」

「……そうではござらぬのか？」

定満が冷ややかに言ったその言葉に、政景は思わず立ち上がった。

「殿、危のうござる」

立ち上がった勢いで、船は左右に揺れ始めた。国分と売間が慌てて政景に声を掛け、その体を支えようとした。

〝何事か！〟

喜平次の乗った船のもの達が、政景達が乗った船で何か起こったのではないかということに気づいた。

そこに、雑木林が生い茂る山中を、獣のような凄まじい速さで駆け抜けて来た十左衛門が現れた。船着場から一町（約一〇九メートル）離れた湖の辺である。

〝間に合った〟

十左衛門が湖に入ろうとしたその時、二方向から十字手裏剣が浴びせられた。

〝軒猿か！　構ってはおられんぞ〟

十左衛門は、できるだけ説得して攻撃を止めさせたかったが、そのような間がないゆえ、反撃という選択肢を選んだ。そして、焦りながらも気を沈め、全神経を集中して近くに潜む軒猿の位置を探った。

〝近づいて来る。よし〟

十左衛門は隠れず、わざと相手が見やすいところに出て行った。すると、再び手裏剣が襲って来た。十左衛門は、手裏剣の軌道から相手の位置を探り出し、そこに向けて瞬時に移動した。十左衛門を襲った軒猿は、その動きを捉えることができず、動きを止めた。

「悪く思うなよ」

それぞれの軒猿の耳に、背後から聞こえてくる十左衛門の言葉だけが届いた。そして二人の軒猿は、何をされたか分からないまま湖畔の林の中で気を失った。

十左衛門は、倒れた軒猿をそのままにして湖に入ると、政景の乗る船に向うために潜った。その時船上では、政景が定満を厳しい表情で睨みつけていた。

「御老体、今宵は無礼講ではあるが、ちと冗談が過ぎるのではないか。わしは、謀反など考えておらぬ！」

政景は、興奮したように言い放った。

「……政景殿、この定満、此度のことは、我らを内から壊そうとする信玄の謀略ではないかと思うておる……」

憤る政景の前で、定満は淡々と語り始めた、しかし次の瞬間、その表情と語気が一瞬にして強く変わった。

「じゃが！　そうであったとしても、そなたがおる限り、これからも同じようなことが起き、我らは互いに疑心暗鬼となって、それはいずれ越後を滅ぼすことになるやもしれぬ。じゃによって、冥土に行ってくださらぬか。僭越《せんえつ》ながら、この爺《じじい》もお供致しまする……」

そう言うと定満は、座ったまま足で床を二度強く踏んだ。すると、それに呼応して船が大きく揺れ始めた。水中に潜んでいた四人の軒猿が、定満の合図で船を揺らしたのである。

「定満、ふざけるな！　このことを御実城様は知っておられるのか！」

「これは、手前の一存で行っていること、御実城様は関わってござらぬ。御免……」

定満は、そう言うなりすかさず政景に飛び掛り、二人は湖に落ちた。それと同時に、定満の供の二人が、それぞれ国分と売間に飛び掛り、先の二人同様湖に落ちた。

その音に、船着場で控える政景・定満双方の家来達が、即座に反応した。

「殿ー、何事かありましたかー！」

船の方を見るが、遠く暗いゆえ、全くその様子が分からなかったが、ただ事ではないことを、皆が察した。

〝しまった！　急がねば！〟

十左衛門は、一時水中から顔を出して船から落ちた政景らを確認すると、再び潜って泳ぎを早めた。湖面では、政景や国分・売間がもがいて、船に戻ろうとしていたが、それを定満とその手下である軒猿達が口を押さえ、羽交い絞めにして顔を水の中に押し込んでいる。この光景は船の陰になり、もう一艘の船のもの達からは、よく見えなかった。

〝やめろ〟

十左衛門は、必至の思いで凶行が行われている現場の真っ只中に泳ぎ入ろうとしたが、その矢先、武士の身なりをしたものが二人、行く手を遮った。それは、先程まで定満の後ろに控え、国分と売間を自分もろとも湖に落としたもので、顔は暗さからよく見えなかった。

「邪魔を致すな。政景殿を殺してはならぬ。これは、御実城様の命ぞ！」

十左衛門は、湖面に顔を出して叫んだ。しかし、二つの影は行く手を阻み、じっと十左衛門を見据えた。二つの影の後ろでは、水しぶきが次第に激しさを増している。

「邪魔だ、どけ！　どかねば致し方ないゆえ容赦はせぬぞ！」

十左衛門は、立ち泳ぎのまま、腰から小太刀を抜いた。すると……。

「やめてくれ十左衛門殿……」

聞きなれた声が、二つの影から発せられた。

「〝！〟　甚助か……！」

十左衛門は、行く手を阻む影の顔を凝視した。すると、その影の正体は、侍に身を変えた甚助であり、もう一人は、甚助と同年の玄吾であった。

「甚助、お主か。そこをどけ、政景殿を殺してはならぬ」

「どきませぬ！　それが命を掛けておられる殿の命にござりまする。我ら軒猿は、殿に従いまする」

「何を言うか！　わしは政景様だけではなく定満様も助けようとしておるのじゃ。お二人とも御実城様にとってなくてはならぬお方じゃ。邪魔をするな！」

十左衛門は、そのまま水中に潜り、甚助の側面を抜けようとした。すると、甚助もすぐに十左衛門の動きに合わせて前に出て行く手を阻み、玄吾は十左衛門の背後を取った。十左衛門は、小太刀で甚助に斬り掛かると、甚助は左手でそれを止めようとしたが、その逆手に持たれた小太刀は甚助の前で寸止めされ、そのまま後ろに引いて、体を摑もうとしてきた背後の玄吾の肩に深く突き刺さった。そして、甚助は一瞬右腕が下がった隙をつかれて、十左衛門に喉を左手で鷲摑みにされた。十左衛門の動きは、水中でも陸上と変わらぬ速さであり、甚助と玄吾では、まったく太刀打ちできないものであった。

甚助が苦しさのあまり怯むと、十左衛門は左手を離し、急ぎ政景のもとに向かおうとした。

その時……、水中の十左衛門の前を、暗い湖底へと静かに沈んでいく二つの影があった。

〝何ということ！〟

二つの影は、政景と定満であった。十左衛門は思わず手を出して沈み行く二人を捕まえようとしたが、その体には軒猿達によって錘《おもり》の付いた鎖が巻かれており、その重さで浮力も利かぬまま湖底に引かれるが如く沈んでいった。

十左衛門は、そのあまりの光景を、ただ愕然としながら見ていることしかできなかった。

〝なっ、何ということ……〟

十左衛門は、水面に頭を出し、あまりの出来事に愕然とした。

〝止められなんだ……〟

十左衛門は、ただ自責の念に駆られた。誰も乗らぬ船の周りには、国分と売間の遺体が、うつぶせの状態で漂っている。

「殿ー！　殿ー！」

あまりの出来事に、もう一艘の船に乗っていた宇佐美家の家老である戸股主膳《とまたしゅぜん》が狼狽し、船から身を乗り出して、定満達が沈んだ辺りに叫び続けていた。

定満は、自分が死んでからのことを主膳に託すために、あえて今回の計略を主膳には伝えず、関わりのない立場にしていたので、何も知らされていない主膳の狼狽ぶりは、当然のものであった。

「宇佐美殿の乱心じゃ！　宇佐美殿が、殿を突き落としたでござる！」

同乗していた政景側の一人は、そう叫ぶと刀を抜き、主膳に向けた。それに驚いた主膳は、思わず手前にいた喜平次を捕まえると、脇差を抜いてその刃を喜平次の喉下に突きつけた。他の二人は、あまりのことに座したまま動けずにいた。

この時、この船に乗っていたもの全てが、十左衛門と軒猿の存在には、全く気づいていなかった。

〝いかん！〟

十左衛門は、とっさに喜平次を救わねばという思いに駆られ、船に向かおうとした時、喜平次達が乗った船が大きく揺れた。軒猿の仕業である。

主膳は体勢を崩すと、後ろに倒れ込んだ。それを見た政景の家来達が喜平次を助け、主膳に太刀を突き立てた。その刃は、定満が後始末を託すはずであった主膳の胸を貫き、主膳はその場で絶命した……。

それは瞬く間の出来事であり、政景の家来が主膳の胸に刺さった刃を抜くと、その体から血しぶきが上がり、喜平次以下その船にいたもの全てがそれを身に浴びた。

船上は正に、血の海と化した。

〝どうしてこんなことに……〟

十左衛門は、暗い湖面で、ただその光景を見つめていた。

「十左衛門殿……」

力を失った十左衛門の背後から、甚助が近寄って来た。

「十左衛門殿、一先ずここを立ち去られませ……」

十左衛門は、そう言う甚助の方に顔を向けた。そして何も言わず甚助を見た。その目は、甚助が今まで見た十左衛門の眼差しの中で、最も鋭いものであった。

こうして、坂戸城主長尾越前守政景と越後流軍学の祖とされる名参謀宇佐美定満が、この世を去った。この変事は、輝虎にとっても十左衛門にとっても、深く心に刻まれた哀しみとなった。

第三章　迫り来る凶刃

一

政景と定満が野尻湖で亡くなった出来事は、越後を一時騒然とさせた。政景配下の上田長尾家のもの達は、定満が軒猿を統括していたことから、此度の事は、軒猿を使った定満による暗殺であるとともに、その背後には、政景を亡きものにしたい輝虎が絡んでいると疑って、坂戸城の守りを固め、輝虎に対して戦支度を始めた。

これに対して輝虎は、筆頭家老である与板城主直江実綱に命じて、この変事に居合わせたもの達全員から詳細にことの真相を調べさせ、これが暗殺ではなく、酔って湖に飛び込んだことによる溺死であったという裁断を下した。

これには当然、上田長尾家のもの達は納得せず、戦に打って出ようとしたが、輝虎が宇佐美家の家老である戸股主膳が上田長尾家の跡取りである喜平次を人質にした事実を重く受け止めて、宇佐美家から琵琶島城と本領を没収し、宇佐美の家を断絶させる処分を下したことから、ようやくことは収まりを見ることとなった。

こうして坂戸城は、戦闘体勢を解いたが、あまりの出来事に輝虎は、坂戸城に春日山城から派遣した将を据え、精強で知られる上田衆もそのままにしておけず、一部を除いて沼田・飯山・越中などの最前線の砦に配置転換させた。そして、それによる更なる反乱を抑えるために、喜平次をその母であるお綾の方と共に人質として春日山城の御中屋敷（中城）に留めさせることにした。

ただ喜平次は、輝虎にとって実の姉の子であるとともに、輝虎自身も、戦勝祈願のために毘沙門天へ生涯不犯を誓っていたことから、戦国武将としては珍しく妻を娶らず実子がいなかったので、輝虎は間もなく喜平次を自らの養子にした。そして、自ら片仮名のイロハ四十八文字を書いて戦場から送るなどして、非常に喜平次をかわいがって養育するようになった。

輝虎自身、口に出すことはなかったが、この喜平次への行為は、政景の暗殺を止めることができず、それによって喜平次を父のいない子にしてしまったことへの、せめてもの償いであるということを、輝虎の一番身近にいる十左衛門は、痛々しい程察していた。

政景と定満を失うという、輝虎にとっては忘れられぬ辛い出来事が起きてからの数年は、更に輝虎にとって厳しいものであった。

まず、野尻湖での変事の翌年である永禄八年（一五六五）には、将軍足利義輝が松永久秀らに暗殺されるという事件が起きた。将軍家を頂点に頂いて、その下に全国が治まることが世の美しき秩序と信じる輝虎にとって、この出来事は我慢に耐えないものであった。更に、永禄九年（一五六六）の関東攻めにおいては、なかなか落ちない下総臼井城に無理な総攻撃を掛けた結果、味方に数千の死者を出す大敗を喫した。これは、七十を超える輝虎の戦歴の中で、数度しかない負け戦の最大のものとなった。これに止まらず、永禄十年（一五六七）には北条《ほうじょう》と結んだ重臣の北条《きたじょう》高広が、更にその翌年には、武田の誘いに乗った同じく重臣である本庄繁長が相次いで謀反を起すという、輝虎にとっては痛恨の出来事が続いた。

このような、とても受け入れることのできないことに、思い煩《わずら》わせられることになった輝虎は、それまで以上に信心深くなり、一日のほとんどを春日山城内になる毘沙門堂で過ごすようになった。そして、それまでも多かった飲酒の量が、更に増えるようになった。

このように、数年の間、厳しい状態にあった輝虎ではあったが、元亀元年（一五七〇）の三月になると、武田が北条と敵対したことがきっかけとなって、上杉と北条は関係緩和へと動き出し、和睦（越相同盟）することとなった。この時、北条氏康は、一度武田に人質に出した七男の三郎を、改めて輝虎への人質として送って来た。同盟自体は、翌年氏康が死亡し、その後を継いだ氏政が武田と組んだことで白紙となったが、輝虎は、この三郎が眉目秀麗な男子であることを大いに喜び、同盟が決裂後も手放さず、かつて自らが用いていた「景虎」という諱《いみな》を与えて養子にし、姪（喜平次の姉）を縁組させて春日山城に屋敷を与えた。これにより、輝虎には妻がいないのにも拘わらず、二人の養子をもつこととなった。このことは、哀しみと虚しさを内に抱える日々をすごしていた輝虎にとって、心が救われる出来事であった。そして己自身は出家し、林泉寺七世住職の益翁宗謙《やくおうしゅうけん》より一字をもらい受け、「謙信」と号するようになり、ますます真言信仰に打ち込むようになった。上杉謙信、時に四十一歳の冬であった。

元亀三年（一五七二）十月――

群雄、覇を競う戦国の世も、この時期になると急速に力を付けたある男によって、徐々に治まるような様相が見えてきた。

その男の名こそ、尾張の国主織田信長である。

信長は、次の天下人と目されていた駿河・遠江を支配する大大名今川義元を永禄三年（一五六〇）桶狭間に破り、その後美濃を攻め取り、流寓中の足利義昭を奉じて上洛を果たすと、義昭を十五代将軍に据え、勢力圏を伸ばしていった。

しかし、この頃になると義昭は、傀儡としての存在を嫌い、なおも権力を拡大していく信長を封じ込めるため、越前の朝倉義景、近江の浅井長政、大坂の石山本願寺、阿波の三好一族と図って信長の勢力圏を包囲する行動に出た。その一端として義昭は、甲斐の武田にも信長追討のための密使を送り、上洛を促した。

信玄は、この要請に応え、相模の北条氏政と和睦し、上杉に対しては、北陸に釘付けにするために加賀の一向一揆を煽動して蜂起させた。こうして後顧の憂いを断つと、京に向け天下取りの行軍を始めた。

武田軍二万七千は、信濃路を通って諏訪湖を経由し、天竜川沿いに伊那路を南下して遠江の各城を落としながら、十二月二十二日には信長の同盟者である徳川家康が治める三河に達し、家康と三方ヶ原で交戦してこれを容易く退けて、明けた元亀四年（一五七三）正月には、同じく徳川方の武将菅沼定盈《すがぬまさだみつ》の守る野田城を包囲した。

野田城は、城兵わずか四〇〇程であったが容易には落とせず、睨み合いが続いていたが、夜になると双方の兵の心を癒すかの如く、城内から美しい笛の音色が響いていていた。これは、〝小笛芳休《ほうきゅう》〟といわれた小笛の名手松村芳休の笛であった。

布陣も七日目を迎えた夜、月明かりがわずかにしか届かない城壁近くから、艶やかな細い音色が流れてきた。

「聞き慣れぬ響きだが、これは、芳休の笛ではないな」

信玄は、野営の陣中央の床几に座り、月を見ながら今宵も芳休の笛を聞いて酒を楽しむつもりでいたが、聞こえてくるあまりに美しい響きに、手に持った杯を止めて、しばし聞き入った。

「はて、この音色は琵琶でもありませぬな。何とも言いえぬ哀しく美しい音色にござりまする」

信玄の傍らで、酒の相手をしていた一徳斎が答えた。

この一徳斎、剃髪するまでの名を真田弾正忠幸隆《さなだだんじょうのじょうゆきたか》と言い、若い頃は〝攻め弾正〟という異名で知られる程知略と武勇に優れ、外様衆にありながら、譜代家臣と同等の待遇を受けている信玄の参謀と言えるものであった。此度の西上作戦には、戦線には出ないが、自らが統括する甲陽流忍術を使う〝真田忍者〟を従えて、信玄の相談役兼護衛という立場で動向していた。後に大坂の陣で真田忍者を意のままに操り、徳川家康を苦しめる真田信繁（幸村）は、この一徳斎の孫である。

「誠、どこか悲しげで妖艶な響きであるな……。これは、城からではなく、我が陣中より聞こえてくるように思うが、我が配下のものであれば、なかなかのものである……。どれ」

信玄は杯を置くと、ゆっくりと立って陣幕の外へ歩き始めた。

「御屋形様、どちらへ？　夜間に出歩かれましたら危のうございます。気になるのでしたら我が手のものが調べ、音色の主をここへ連れて参りまする」

「なあに、心配はいらぬ。小便がてらに、ちと近くまで音色を聞きに行くだけじゃ。それに、このようなところに連れて来られては、窮屈でよい響きを奏でられぬかもしれないではないか」

「御屋形様、お待ちを」

一徳斎は、慌てて信玄の後を追った。

武田の陣は、敵からの侵入者を防ぐべく、厳重な警備体勢を布いていた。また、信玄には決まったものしか近づけず、信玄の周囲には、腕の立つ直属の透波が最低でも四人、片時も離れずに身を潜めて信玄の身を守っていた。特に今回の西上には、次郎坊という腕の立つ透波も警護に付いていた。よって、陣中において信玄を狙うなど、まずもって不可能であった。

「意外と奏者は近いようじゃな。濠まで行ってみるぞ」

月明かりは、眩いばかりに地表を照らし、水を張った濠には、その青い光が美しく揺れていた。ただ、警備のために松明が掲げられているが、不審なことに番兵は一人もいなかった。

「御屋形様、お戻りください。少々怪しゅうござりまする。奏者を探しに行かせた我が手のものも戻って参りませぬゆえ、どうかここは陣所へ……」

信玄の後方の暗闇から、声だけが聞こえてきた。信玄を守る次郎坊である。

「うむ、惜しいが引き上げるとするか」

信玄が、帰ろうと身を返そうとした時、一徳斎が声を上げた。

「御屋形様、あそこを！」

一徳斎は、十二間（約二十二メートル）先にある濠端にある梅の木を指差した。その梅は、月明かりでもはっきりと分かる見事な白梅であった。

「御屋形様、あの梅の木の下をご覧ください。誰か座っておりまする。この音色はあそこから聞こえてきているように思いまするが、あのものが奏者でござりましょう」

はっきりとは見えないが、確かに木にもたれて向こう向きに座り、手を左右に動かしているものがいた。

「おお、そのようじゃな」

「調べて参りまする」

一徳斎はそう言うと、奏者のもとへ歩み寄った。

〝女？〟

近づきながら分かったことだが、その奏者は、頭から女物の着物をかぶり、見慣れぬ楽器を弾いていた。

「おい女、ここへはどうやって入った。こちらを向いて答えよ」

女は、その言葉を聞くと演奏を止めた。そして少しの沈黙の後に口を開いた。

「武田の方にございますか？　私《わたくし》は、さるお方に頼まれて、お疲れである信玄様を慰めるために、拙いにも拘わらず曲を演奏させていただいているものでござりまする」

「さるお方とな？　そのものがそなたをここまで引き入れたと申すか。それは誰じゃ」

一徳斎は、不信に思いながら問い正した。

「それは……」

女が答えようとした時、「そのものが奏者か？」と、後から来た信玄が一徳斎に声を掛けた。

「御屋形様、こ奴、怪しいものにござりまする。近づかれぬ方がよろしいかと」

一徳斎は、刀に手を掛けながら、背中越しに背後にいる信玄に言った。

「女、その手に持った楽器は見慣れぬものであるが、それは何じゃ」

信玄は、一徳斎の背後から女に問うた。

「信玄公にございますか。お会いすることができ、嬉しゅうございます。この楽器はへゲムという我が故国の楽器にございます。二本の弦の間に馬の尾の毛でつくった弓を入れ、擦って音を出しまする」

「我が故国？　そなたどこの国のものじゃ。明国のものか」

「いえ、朝鮮でございます」

「朝鮮とな……。道理で初めて聞く音色なわけじゃ。芳休の笛に劣らぬものである。そなたを寄こしたものは、なかなかの風流人であろう。して、そなたを刺客としてここに寄こした風流人は誰じゃ？」

〝刺客！〟

一徳斎は、信玄の言葉に驚き、とっさに太刀を抜いた。それと同時に、次郎坊を含めた濃紺の忍び装束を着た四人の透波が信玄を取り囲むように現れた。

「ふふふ……。我が正体を容易く見破るとは、さすがですな信玄公。あの笛吹きは芳休と申しましたか。連日耳障りであったゆえ、昨晩城に忍び入って、殺してやりました……」

「何じゃと～！」

一徳斎は、その答えに更に驚き、太刀を構え直した。

「殿、あのものの側《そば》をよくご覧なされませ」

次郎坊が、一徳斎に囁いた。一徳斎は、それを聞くと目を凝らして女の周囲を見た。

〝！〟

女が座る奥の闇の中に、倒れている人の足らしきものがうっすらと見えた。それは、一人ではなく、少なくとも三人は確認でき、いずれも血に染まっていた。

「その死体は、我が軍のものか！　お主、女であっても生かして返すわけにはいかぬぞ。覚悟致せえ！」

そう言うと真っ先に、一徳斎が座った女の背中めがけて斬り掛かった。一徳斎は、御年既に六十を超えていたが、忍びの術にも通じ、その身のこなしは素早く、若い侍に引けを取らぬものであった。

フワッ

一徳斎の太刀が女に届く寸前、女は身を翻してその太刀を避けると、羽織っていた着物を一徳斎に投げてかぶし、その視界を奪った。

「ぐわああ～」

青き月の輝く夜空に、断末魔の叫びが轟いた。着物をかぶせられた一徳斎の胸には、さっきまで女が右手に持っていた弓が突き刺さっていた。一徳斎は膝から崩れ、そのまま地べたに倒れた。

「一徳斎！」

思わず信玄が叫んだ。

「御屋形様、お逃げください。こ奴は我らが始末致しまする」

透波はそう言うと、二人が刺客の前に立ちはだかり、次郎坊ともう一人は、信玄を逃がす体勢になって、後ろへ下がり始めた。

「早よう、急がれませ！」

そう透波の一人が叫び、仲間に危険を知らせる笛を口に銜《くわ》えた瞬間、その透波の首が宙を飛んだ。そして、首を失った透波の体からは、おびただしい血が噴き出した。その血しぶきの向こう側には、血で全身を染めた細身で長身の男が、右手に日本の太刀とはつくりの違う剣を握って立っていた。

〝男！〟

信玄と透波達は、あまりのことに凍り付いた。そこにいるもの全てが、その男が仲間の首を落とした動きを捉えることができなかったのである。

「獲物を前にして、やすやすと逃がすわけにはいかんなぁ。この見事な白梅を、次は誰の血で赤く染めようか……」

刺客は、口の周りに付いた返り血を舌で舐めながら、禍々しい殺気と鋭い眼光を信玄に向けた。空を覆う白い梅の花は、その刺客の体同様、どす黒い赤で染まっていた。

「御屋形様、早よう行かれませ！」

一人の透波が、叫びながら血に染まった刺客に斬り掛かった。すると、その刺客は鮮やかな身のこなしでその刃をかわし、鋭い回し蹴りを透波の胸に入れた。

〝どこから蹴りが……？〟

体勢を崩しながらそう思った時には、その透波の体は切り刻まれ、全身から血を噴き出していた。

「逃げても無駄だ。お主ら程度では、わしに傷一つ付けることなどできぬわ！」

そう言い放つと、刺客は信玄達に襲い掛かった。

透波の一人が、信玄の楯となりながら、味方の所まで逃げる体勢をとり、次郎坊は、刺客に向け無数の手裏剣を連射した。

次郎坊は、三十丈（約九十メートル）の距離であっても、相手を確実に仕留めることのできる程の腕を持つ透波の中でも名の通った一流の忍びである。

「無駄だぁ～」

刺客の胴体には、七・八本程の八方手裏剣が刺さっていたが、刺客は怯むことなくそのまま真っ直ぐに突進してきて、次郎坊の手裏剣を持った両腕を斬り飛ばした。そして切断箇所から吹き出る血を更に浴びながら、戦闘不能となった次郎坊の体を一文字に斬り抜いた。そしてすぐさま信玄達の真正面に跳び、逃げ道を塞いだ。

〝化け物……〟

自らを楯にして信玄を守る最後の透波は、動くことができなかったが、目だけは刺客に向け闘志を滲《にじ》ませた。

「その目。そのような目を見ると、自分の行為をただの殺しと思わずにいられる。誠、礼を言うぞ……。お主がそのような目でわしを見てくれることが、わしは殺人鬼ではない、闘いに生きる武人なのだと自分に言い聞かせることができる唯一のことなのじゃ……」

「ふざけるな……。お主のような死神に、御屋形様を殺させるわけにはいかぬ！」

「ふははは……。そうだ、その意気だ！　それでこそ我が行為は、命を懸けたもの同士の闘いとなるのじゃぁー」

全身を血で染めた刺客は、喜びの表情で剣を振り上げた。

「御屋形様、離れてくだされ！」

そう言うと透波は、懐から爆薬と火口《ほぐち》（携帯用の火種）を取り出して引火した。そしてそれを持ったまま刺客の懐に飛び込もうとした。

「笑止！」

そう叫ぶと刺客は、飛び上がって回転しながら透波を蹴り飛ばした。そして、地に倒れた透波の体の真ん中に剣を突き刺し、足で手に持たれたままの爆薬を踏み潰した。

「他愛の無い……。この国の忍びには、我が血を高ぶらせる腕の立つものはおらぬのか……」

刺客の足元には、血の海が広がっている。

「正に、死神であるな……」

信玄が静かに呟いた。

「止めを刺さぬとも、蹴りで既に首が折れていたであろう」

「ふははは……本当に信玄公には驚かされる。この血に染まった梅や地面に広がる血の海を見せられても、いささかも表情を変えず毅然とされておられる。それどころか、冷静に我が動きを見極めていたとは、あなた様も我が主《あるじ》同様、その内側に鬼以上の魔物を飼われているようだ……」

刺客は、信玄に歩み寄った。

〝殺される……。我らの宿敵信玄入道が殺される……〟

野田城の濠の一角、そこには、青い月光と血に染まった梅の木、そして二人の男しかいないように見えたが、実は、この修羅の光景を夜陰に紛れて見つめる男がもう一人いた。それは、謙信の命《めい》によって、武田軍に潜入していた飛影であった。

武田軍の奥深くに潜ることは、並のものでは務まらぬ、非常に困難極まりないものである。よって、諸国を回り、その潜入技術を磨いてきた飛影でなければ、この務めは果たすことができないものであった。よって、謙信の護衛は一時的に十左衛門と甚助に引き継がれ、飛影は武田軍が甲斐を出てからずっと、武田軍の足軽に身を変えて信玄の動向を調べ、逐一謙信に報告していた。

〃どうする……。今まで散々苦しめられてきた信玄入道がここで倒れることは、我が越後にとって好都合……。が、しかし、御実城様は、わしに武田に潜入するようには言われたが、決して暗殺などはせぬよう言い渡された……。それは、武人として信玄を認め、命のやり取りは、正々堂々戦場ですべきと思われているからだ……。御実城様が認めた男を、あのような死神に殺させてよいのか……。御実城様、わしはどう……〃

飛影はこめかみに汗を垂らしながら、思い悩んだ。刺客は、信玄に向けて剣を向けている。

〃くそっ〃

飛影は、潜む暗闇の中から、防御着となっているであろう胴を避け、刺客の頭と剣を握った右手に向けて手裏剣を放った。それは、先程の透波の放ったものよりも速く、より正確に刺客に向かって飛んだ。

〃何？　新手か？〃

刺客は、己を襲うその音に、即座に反応した。そして剣を振り、向かって来るそれらを全て打ち落とした。

「隠れてないで出て来い！」

刺客がそう叫んだ時、飛影は素早く刺客の背後を狙う位置に移動し、そこから刺客めがけて飛び出した。

「覚悟！」

飛影は、両手に小太刀を握り、凄まじい速さで斬りつけた。

〝今までのものと動きが違う！〟

刺客はとっさに判断した。そして剣を操って防御に徹した。

「貴様、武田の忍びではないな！　何ものか！」

刺客は、飛影の二本の小太刀を受け止めながら問うた。

「わしか〜。わしは闘神に仕えるただの従者よ。我が主は、お主のような卑劣な奴が嫌いでな。その影響でわしも、お主のような魔道を歩むような輩を倒さずにはいれぬのよ」

〝闘神……　謙信！〟

信玄は、飛影の言葉に反応した。

「おい、血塗られた修羅よ、どういった経緯《いきさつ》で我が国においてこのような魔道の行いをしているかは知らぬが、そうそうに故国に帰ったらどうだ。我が国の戦には、お主では分からぬ一定の流儀があるのだ」

「笑わせるな。殺し合いに、何の流儀があろうか。魔道と言ったが、わしのしていることは、強いものが弱いものを成敗する自然の摂理だ」

「それが魔道なのだ。武人であれば、敵にもある一定の情けを掛けるもの。お主のしていることは、ただの殺戮にすぎぬわ！」

二人は、同時に後方へ跳び、構えを変えてにらみ合った。

〝こ奴強い！　この強さは十左衛門と同等か、いや、それ以上……　これはちと、命を懸けねばならんな……。しかし、信玄を救うために命を張るなど、皮肉なものよな……〟

飛影は、このようなことを考えながら、わずかににやけた。

「信玄公、速く逃げられませ！　いつまでもここにいられては闘い難うござる。それに、速く離れてくださらねば、わしがあなた様の命を取るやもしれませぬぞ！」

飛影は、目の前の死神だけでなく、今なら信玄を殺ることができるという己の中の思いとも闘っていた。

「おそらくお主は、北方の守護神の手のものであろう。誠にお主の国のものは、義に厚いものばかりであるな。もうよいからお主は逃げよ。この信玄、この刺客から逃れることが叶わぬことは、既に承知しておる」

〝！　何を言っている……〟

飛影は、信玄の言葉に驚いた。

「おい、貴様。信玄公はこの状況がどのようなものか十分分かっておられるようじゃ。信玄公のお命を頂いたら、次は貴様ゆえ、逃げずに待っておるがいい。さあ、そこをどけ！」

刺客が、飛影に向け刀をかざした。

〝宿敵信玄にこう言われたら、余計退けるかよ……〟

そう思うなり飛影は、逆手に持った小太刀をそれぞれ上段と中段に構え、右足を後ろに引いて腰を少し斜めにして落とした。そして、掛け声とともに、再び刺客へ飛び掛った。

「覚悟――！」

「ふん、身の程知らずが！」

そう言うと、刺客もまた飛影に向かって跳んだ。

両者は、空中で目に止まらぬ速さで剣を交え、着地後、更に激しく斬り合った。刺客は蹴りも繰り出したが、飛影はそれを後転してかわし、逆に相手が背を見せた瞬間を逃さず、小太刀を浴びせ掛けた。

「甘いわ！」

刺客は、そう吐き捨てて空《くう》に飛ぶと、身を翻して飛影の背後に降りた。

〝しまった！〟

「惜しかったな」

刺客の剣が、飛影の背中を横一文字に斬り裂いた。

「何という跳力……。このわしが、一瞬貴様を見失ったわ……。無念……」

「貴様、右足に古傷でもあるのか。左足と比べて踏み込みがわずかに弱い。それが左右の攻撃にわずかなズレを生んでおる。そんな欠陥のある技で、わしを仕留めることはできん」

〝！……。そこまで見抜くとは……〟

飛影は、油汗を流しながら背中の痛みに耐え、何とか立っていた。

「殺せ……」

飛影は、目を瞑った。

「よい覚悟だ」

刺客はそう言うと、とどめの剣を振り下ろした。

その時、信玄が飛影の背後から呟いた。

「謙信に、よろしゅうな」

〝えっ！〟

信玄は、飛影を腕で濠へと突き飛ばし、刺客に向け扇子を投げた。飛影はよろめき、足を踏み外して濠へと落ちて行った。

「こしゃくなまねを！」

刺客は、信玄の思わぬ行動に虚を衝かれ、とっさに扇子をかわしたが、次の瞬間には、貫くような目で信玄を見て吐き捨てた。

〝信玄公……〟

飛影は、薄れ行く意識の中で、己を助けた信玄のことを思った。そしてそのまま濠の中に沈んだ。

「さあ、好きにせい。どうせわしは不治の病でそう長くは生きられぬ身じゃ。じゃによって、わしに何かあった時のことは、既に重臣どもに伝えておる。たとえここでわしが倒れても、世に謳われた最強の武田軍。その力はいささかも衰えぬということを、貴様の主に伝えるとよいわ」

刺客は、体に刺さった手裏剣を全て腕で振るい落としながら、ゆっくりと信玄に近づいた。

「ふっ、既に病に侵されておったとは、ほんに哀れな大将様じゃな……。じゃが、情けは掛けぬぞ。あの世で、貴様の軍が、これからどのように滅んでいくか、ゆっくりと見物しておるがいい……。死ねぇ――！」

血に染まった死神の兇刃が一閃、夜空を斬り裂いた。

それと同時に、再び血しぶきが舞い上がり、血に染まった白梅は、更にどす黒い血で赤黒く染まった。

二

美濃の国、岐阜城——この城には、他の城にはない趣の違う一間がある。

そこは、南蛮渡来の珍しい調度品が並び、床には絨毯《じゅうたん》が敷かれ、南蛮時計が時を刻む音だけが聞こえる日本とは思えぬ場所であった。

その中央にあるテーブルの上のグラスに葡萄酒を注ぎ、ただ一人イスにもたれる男がいた。

時は夕刻、部屋の中は薄暗いのだが、灯りはその男の傍しか灯しておらず、グラスの中の葡萄酒の赤のみが光を反射して、より深みのある美しい色をかもし出していた。

その葡萄酒の色を、この男は好んでいる。どちらかといえば、その味よりも、何とも言えぬその深紅に、戦場で飛び散る血を重ね合わせていた。

シュパ———アアアアアーン

いきなり外が光った。その光により、暗さで見えづらいその男の顔が、一瞬はっきりと闇に映えた。

稲光に浮かんだその男こそ、雷の如く一切の権威を破壊し、新たな秩序をこの世にもたらそうとする破壊王織田信長であった。

「春雷か……」

グラスの中の血の色の輝きを見つめながら、信長は一言呟いた。そして目を瞑ると、続けて言った。

「烈炎《れつえん》か」

「はい」

信長しかいないはずの部屋に、別の男の声がした。

「虎は？」

「始末してござりまする」

その声は、三日前、野田城において凄絶な暗殺術を使い、その身を血に染めた男のものであった。

「帰りが遅かったが、しかと仕留めたのだな」

「はい、間違いなく……。真田弾正も仕留めましたゆえ、三河を抜け出す際に、真田忍びの報復に遭い、振り切るのに手間が掛かりました。遅くなり申し訳ございませぬ……」

「ふふふ……。お前でも手間取ることがあるか。しかし、その真田忍び、一人も生きて戻さなかったのであろう」

「……。次は、龍を始末しますか……」

「龍？ ……」

シュパ――――アアアアアーン
再び外は雷鳴が轟き、城の瓦には、雨が激しく打ち込まれた。

「自らを毘沙門天の化身とかのたまっているご仁のことか……。ふっ……。捨て置け。今はこのわしを包囲しておる将軍や浅井・朝倉・一向宗のたわけどもを殲滅するのが先じゃ。それに、信玄が死んでも武田の軍は依然として三河に居座っておって、これからどう動くか分からぬ。毘沙門天殿には、それらが片付くまではおとなしくしておってもらわねばならん。それまでは、珍しき品でも送ってご機嫌をうかがっておくわ。いずれにしても、わし以外で自らを神などと言っておるものを見過ごすことはせぬ。時が来れば、このわしが魔王となって、その首を討ち落としてくれるわ！ わはははは……」

「…………」

「烈炎、わしはまず、将軍と糾合しておる一向宗徒を攻める。お前は京を探れ、そして将軍の動きを逐一報告せよ。だが、間違っても将軍を殺してはならぬぞ。あ奴には生き地獄を味あわせたいのでな」

「御屋形様がそうおおせであれば、そのように致しまする。では」

そう言い残すと烈炎は、激しい雨の降る城外に身を消して行った。

この男、名を朱烈炎《しゅれつえん》という。

烈炎は、自分のことについて何も語らない……。今までどのように生きてきたのか。何故この国にいるのか。どのようにして信長と出会ったのか。その恐るべき暗殺術は、いつ身に付けたのか。

烈炎は、語らない。そしてその存在は、織田家中でもほとんど知られていない……。

半月後――。

その日、謙信は越中一向一揆討伐から戻り、束の間の休息を春日山城で過ごしていた。夕刻には、女中達に言って早めの夕餉の支度をさせ、一人居間で湯漬飯を食していた。そこに、その知らせは飛び込んで来た。

「御実城様ー。一大事にござりまするー！」

遠くから謙信を呼ぶ直江実綱の大声が聞こえ、その重々しい足音がだんだんと近づいて来た。

「何事ぞ、騒々しい」

謙信は、実綱が部屋に入って来るや、不快な顔で言った。

「御実城様、信玄めが身罷《みまか》ったようにござりまする！」

「何！　……」

〝パシ　パシ———ン……〟

謙信が膳の上に落とした箸の音だけが、静寂の中で実綱の耳に残った。

「どういうことじゃ……。詳しく申せ！」

謙信は立ち上がって実綱に言った。

「はっ。先程飛騨の江馬輝盛《えまてるもり》殿から、この書状が早馬で送られて参りました」

実綱はそう言うと、手にした書状を謙信に渡した。

江馬輝盛とは、飛騨国高原諏訪城主であり、強国に囲まれていることから、上杉に助力してもらいながら、何とか家を存続させている謙信の同盟者である。

謙信は、実綱から受け取ったその書状を広げ読み始めるや目を見開らき、手紙を持った手は、小刻みに震え始めた。

「何たること……。これは誠のことか！　何者かが我らをはめようとしているのではあるまいな……」

　普段は冷静な謙信であるが、さすがにこの知らせには、動揺の色が隠せなかった。

「御実城様、お分かりになっておられるでしょうが、この文《ふみ》は、飛影の手によるものにござりまする」

　書状にしたためられた中身は、何の代わり映えもしない輝盛から謙信宛の挨拶文であったが、真の内容は、暗号化された〝信玄暗殺さる〟の知らせであった。

「江馬殿の使者の話によりまするると、先月、飛影は武田の陣中で信玄を暗殺した刺客と交戦したようにござりまする。そこで深手を負いましたが、何とか一命を取りとめ、飛驒の江馬殿の居城まで逃げ延びて意識を失い、しばらくの間は生死の境を彷徨っていたようにござりまする。そして昨日意識を取り戻し、変事を伝えるため、急ぎこの文をしたためたとのこと。詳しいことは、飛影が戻り次第、直にお伝えするということにござりました」

　〝飛影が深手を……〟

　謙信の居間に面した庭に身を潜めていた十左衛門は、その話を聞き取り、驚かずにはいられなかった。

「御実城様、飛影からの連絡が途絶えた後から、武田の動きはおかしくなっておりました。野田城を落とすのに一ヶ月も要し、その後は西上することなく長篠城まで軍を引いて、城に立て篭もっておりまする。これはあまりにも不可解にござりまする。ただ、これが信玄が死んだからだと考えれば、此度の武田の一連の動きは、全て理にかないまする！」

「信玄が死んだゆえ、軍内は西上するか帰国するかで意見が割れ、いたずらに時間を費やしているということか……」

語気の荒い実綱の言葉を遮るように、静かな口調で謙信が言った。そして謙信は、そのまま実綱の横を通り過ぎて広縁に出た。

「御実城様、今が好機にござりまする！　兵を甲府に向け、武田を潰しましょうぞ！」

実綱が、謙信の背中に向けて言った。

「それはならぬ！」

謙信は、振り向くことなく言い放った。

「信玄入道、己の欲望のためなら神仏への誓いも平然と破り、謀の限りを尽くした我が天敵であったが、戦場で見せるその力、誠に天晴れなものであった……。その英雄の死に乗じ、その領国を侵すとは、義に反する行いである。そちも我が家臣であれば、それを今一度よく肝に命じよ！　……これで関東は大きな柱を失った……。できることなら、今一度戦火の中で刃を交え、雌雄を決したかったものじゃ……」

十左衛門は、庭の木々の陰から、黙ってその様子を見ていた。そして、謙信の頬に、一筋の涙が流れるのを見た。

〝御実城様……〟

十左衛門は、謙信の涙に、その心中を図り、ただ俯いて黙することしかできなかった。その一方で、これから襲って来るであろう恐ろしい嵐の予感を、ただ一人感じ取っていた。

第四章　駆け引き

一

野田城にて非業の死を遂げた信玄（享年五十三）は、前もって重臣達に、今後自分の身に予期せぬ出来事が起き、命を落とすようなことがあった時は、外敵の攻撃に備えるため三年の間その死を秘し、まず跡継ぎの勝頼を中心とした体制づくりに専念して、その後京に上って武田の旌旗《せいき》を立てるよう伝えていた。

だが、重臣達の半分は、この信玄の言を重く受け止め、その通りにするべく速やかに甲府へ帰国しようとしたが、勝頼と残りの重臣達は、敵に怪しまれるのを警戒するとともに、三方ヶ原で徳川家康を一掃した勢いから、このまま何事もなかったように京に向かうべきという主張を強く通した。

こうしたことから、まず変事を諸外国に悟られないために殉死を禁じ、一徳斎の死も翌年まで秘されることとなった。そして、信玄の弟の逍遥軒信廉《しょうようけんのぶかど》を信玄の影武者にし、野田城の攻略を続けて二月十日にこれを落城させた。その後は、更に西上を続けるかどうかで議論が分かれ、結局四月に帰国するという、他国から見れば、何とも不可思議な行動をとることとなった。

この動きが、諸外国に〝信玄死す〟の疑念を抱《いだ》かせ、各国の国主は武田に忍びを潜らせて、情報収集を急いだ。それにより、三年を待たずに信玄の死は公のものとなり、将軍義昭を中心とした信長包囲網は瓦解した。この機を逸することなく、信長は京に攻め込み、将軍義昭の二条城を囲むと、即座に和議を成立させた。

五月中旬、十左衛門は、早朝から住まいである炭焼き小屋の近くの崖で、十三才になった十四郎を厳しく鍛錬していた。

「十四郎、跳んでみよ。怖がっていては、いつまでもそこから動けぬぞ！」

十四郎は、後ろ手に縛られ、急勾配の崖を上り下りする訓練を行っていた。手を使わず、わずかに足の掛かる窪みを使って一気に駆け上がり、上まで到達すると、同じ要領で降りて来るのである。

「父上、無理だ。近くに足を掛けるところが無い」

十四郎には、これまでに崖から落ちた時にできた生傷が、体中にあった。

「怖がるでない！　わずかな窪みでも上手く利用するのだ。窪みに少しでも足先が掛かったら、そこで止まってはならぬ。足場が崩れる前に次へと跳ぶのだ！」

体技全般に言えることだが、その真髄は、いかに上手く体重移動が行えるかという点にある。動きに合わせて体の重点を移動させ、それによって素早い動きや音の無い動きを生み出す。特に忍びの動きは、全てがこれであり、この基礎ができないものは、当然忍びとしては働けず、すぐに命を落とすこととになる。

十左衛門としては、息子を自分と同じ忍びの道を歩ませる以上、いかなる時でも生き抜くことができる術《すべ》をその体に教え込むことこそ、厳しいが、父として最も愛情の込もった姿なのである。

「十四郎、もたもたせず、一気に駆け上がらぬか。降りて来たら、次はかわしの鍛錬じゃ。さぁ掛け上がるのだ！」

十四郎は、父の鬼の形相に逆らうこともできず、ただ歯を食いしばって跳び続けた。

二人は、崖での修練を昼前に終えると、移動して青竹を切った。そしてそれを銛代わりにして川に入り、それぞれ自分が食べる分の魚を突いた。目と反射神経を自然に鍛えながら食い物にありつく。そう言った意味では、猟は誠にさまざまな恩恵のあるよい鍛錬である。魚が獲れると、二人は別々に火を起こしてそれを焼き、無言で食した。

このような鍛錬の最中の食事では、十左衛門はあまり言葉を発しない。十四郎はそんな父の姿に、ただ緊張した。

昼飯を終えると、二人は炭焼き小屋の裏にある林に入った。

「十四郎、いつもの如くだ。心を静め、空気の流れを感じよ。この場の全ての音を、体で聞き取るのだ」

十四郎は、先程よりも一段と真剣な表情になっている。そして、父の懐から出された手拭で目隠しをされると、息を整えた。

「行くぞ」

十四郎は、頷いた。

十左衛門は、四丈（約十二メートル）離れると、我が子に向けて一度に二つ握れる大きさの石礫を立て続けに四つ放った。それは全て、両手両足を狙っていた。

その石礫が当たる寸前、十四郎は流れるように左へ動いた。

〝パチーン　パチーン　パチーン　パチーン……〟

石礫は、全て十四郎の後方にある木々に当たった。

十四郎は、ことのほか耳がよい。これは、幼い頃から楓に連れられて、山中の小動物や草花の動きなどを聞き取ることを、遊びながら学んでいたからである。十左衛門は、よく仕込んでくれたものだと、楓に感謝していた。

「十四郎、よくかわした。続けて行くぞ」

「はい！」

十左衛門は、十四郎の背後に回り、続けざまに石礫を連射した。その速度はだんだん速くなり、狙いはどれも急所であった。

十四郎は、それが全て見えているかの如く、左右に動いてかわし、逆に懐から八方手裏剣を出して、父がいるであろう場所めがけて打った。これまでの一連の動きを、十四郎は息一つ乱さず行っている。十四郎の放った手裏剣は、十左衛門が身を隠した木の表面に鋭く突き刺さった。

〝こいつ、やるようになったわい〟

十左衛門は、我が子の成長を喜びつつも、更に十四郎に向けて放ち続けた。放ったのは石礫ではなく、先を布で巻いた棒手裏剣三本である。

十四郎は、それを地面に伏せてかわし、手で枯れ草を握って宙にばら撒いた。身を隠す隠遁術の一つである。

〝まだ成っておらぬ〝

十左衛門は、宙に舞った無数の枯れ草に惑わされることなく、十四郎の未熟な動きを捉えて再び石礫を放つと、それは十四郎の右肩に命中して、その体を後ろへと飛ばした。

「うわー。痛い……」

十四郎は目隠しを外すと、地面に寝そべったまま、右肩を抑えて顔をしかめている。

「友が来たゆえ、今日はこれまでじゃ。だいぶ上達しておるが、まだまだじゃな。不用意に宙に逃げず、足場を確保しながらわしを翻弄しようとしたのは、下手ながら悪くはなかった。わしが城に上がっている時も、一人で鍛錬を怠るでないぞ」

十左衛門は、十四郎の手を取って起こし上げた。その顔は、いつのも優しい父の顔である。

「友？」

十四郎が、不思議そうな顔で父親の顔を見ていると、少し離れた木々の間から一人の男が姿を現した。

「飛影のおじちゃん！」

肩を抑えながら、十四郎が叫んだ。

「気配を読むとは、さすがだな……。十四郎、久しぶりじゃ」

十左衛門と飛影は、半年振りであった。十左衛門は、飛影が深手を負い、飛騨で養生していたことをずっと気にしていたので、この再会は、思い一入《ひとしお》であった。

「痩せたな……。傷はどうなのじゃ」

十左衛門の気遣いが、表情にまで出ていた。

「ああ、何とか生きて戻った。まだ万全ではないが、並の仕事ぐらいはこなせるじゃろう。これから城に行くのじゃが、お主の顔が見たくて、先にこっちに立ち寄った。それより、ちと見ぬうちに十四郎は逞しくなったな。もう十五じゃったか」

「違うよ、まだ十三だよ」

「ほお、十三にしては、なかなかの動きじゃ。親父殿の鍛え方がよいのじゃな。それにしても十左衛門、鍛えすぎではないか」

「いや、まだまだじゃ」

十左衛門は、そう言いながら十四郎を見て、その頭を荒っぽく撫でた。

「十四郎、わしはおじちゃんと話があるゆえ、おまえは小屋に戻って傷の手当をしておれ。できるであろう」

「分かった」

そう言うと、十四郎は飛影に軽く会釈して小屋へ向け小走りで帰った。

「子どもはいいな。そろそろわしもつくるか」

飛影が、駆けて行く十四郎の背中を見ながらしみじみと言った。

「子どもをつくる相手でもおるのか？」

「まあな……」

飛影は少し表情を緩ませた。

「じゃが、先行きが心配じゃろう」

「ああ、じゃからあの子には、強うなってほしいのじゃ。強い忍びとなって、この乱世を生き抜いてほしい」

十左衛門の言葉から、子を想う父の愛情が表れていた。

「お主の子であれば、大丈夫じゃ。忍びの才は、お主譲りのようだからな」

「どうかな……。じゃが近頃は、わしに対して生意気なことを言うようになった。男は、親に反抗するぐらいが丁度よいゆえ、少しずつ強うなったかの……。で、野田城でのことじゃが、何があったのだ」

十左衛門の目つきが変わった。その問いに飛影は目を伏せ、一つため息をついた。

「恐ろしい奴におうた……。朝鮮から渡って来たもののようじゃ……」

「朝鮮！」

十左衛門は、予想外の飛影の言葉に驚いた。

「どこの手のものじゃ」

十左衛門は、更に強く聞いた。

「おそらく、織田のものじゃ……」

〝織田！　……〟　十左衛門は、息を呑んだ。

「饗談《きょだん》か？」

十左衛門が、強い口調で言った。〝饗談〟とは、信長が抱えている忍びの集団である。

「いや、あまり忍びらしくはなかった……。どちらかと言えば、暗殺を専門に行う刺客と言った感じじゃ。あのもの、警戒厳しい武田の陣中にやすやすと入り込み、屈強な武田の忍びも瞬く間にその兇刃の餌食にしおった……。あのものが使う技は、今まで見たことがない……。舞うような動きで目の前まで間合いを詰められたと思うたら、捉えられぬ速さで、次々と剣と脚《きゃく》が襲ってきた。わしは今まで、お主以上の手練れを見たことがないが、あ奴は、お主を超えておるやもしれぬ……」

十左衛門は、厳しい表情のまま、飛影の言葉聞いた。

「甲賀七鬼《こうがしちき》……」

飛影が、ポソリと呟いたその一言に、十左衛門はハッとして、飛影を見た。

「甲賀には、その技を究めた七鬼と呼ばれるものらがおるらしいな。お主、その七鬼の一人なのであろう」

飛影は、真っ直に十左衛門を見た。

「お主、それを一体誰に……」

常に冷静な十左衛門が、驚きを隠さなかった。

「わしは今まで、諸国を巡っては、情報収集に務めてきた。そのような務めをしておれば、自然と諸国のさまざまな情報が耳に入って来る。そして当然、甲賀のものとも関わりをもつことになる」

飛影は、俯く十左衛門を見ながら続けた。

「お主には黙っておったのじゃが、十三年程前、わしは尾張に入り、当時今川義元を討ったばかりの信長について、いかなるものか探っておった。その時、甲賀ものと知りおうて、互いに知りえた情報を交換しておった。よそうかとも思ったが、ある日、その甲賀ものにお主のことを知っておるか尋ねると、そのものは表情を変えて、お主の居場所を教えるように詰め寄って来た。わしは言えぬと断ったが、そのものは、お主が甲賀七鬼と呼ばれる甲賀随一の忍びの一人で、甲賀の首領達は、お主の消息を探しておると言っておった……」

十左衛門は、飛影の言葉に黙したままである。

「今更お主が、どうして甲賀を去ったかなど聞くつもりはない。ただ、わしが言いたいのは、甲賀七鬼としての本来のお主の力を出さねばならぬ日が、迫って来ておるやもしれぬということじゃ……。十左衛門、もしあの刺客が御実城様の命を狙ってくれば、それを阻止するため、我らは命を掛けねばならぬこととなる……。聞けば、七鬼は投術や火術など、分野ごとに究めしもの達のことであり、中でもお主は、古来からある甲賀闘術から派生した特殊な闘術の使い手で、その技を究めたゆえに、甲賀の中でも恐れられる存在らしいではないか。以前、真兵衛様に対して放った技を見たが、あれこそがまさしく、七鬼としてのお主の技であろう。お主の中の鬼を呼び起こさねば、たとえお主でも、あの死神は倒せぬと覚悟しておいた方がいい」

「………」

十左衛門は、何も答えなかった。

「十左衛門、わしはこれから城に行き、野田城でのことを詳しく御実城様に申し上げる。そして、警備態勢の強化を願い出、御実城様には御身の安全を図るためにも、これからは、御召物を一日のうち数回変えていただくなど進言するつもりじゃ」

飛影は、何も言わない十左衛門に背を向けると、城に向けゆっくりと歩き出した。

そして最後に言った。

「十左衛門、あのものなら、春日山城に入るのも容易いぞ。あ奴を止めるには、お主が鬼に戻るしかない……」

飛影は、そのまま去って行った。そして十左衛門は、木々の生い茂る林の中にただ一人、口をつぐんで立ち尽くした。

二

室町幕府滅亡――それは、覇権をねらう全国の戦国大名達が思っていた以上に早く訪れた。

信玄がこの世を身罷った同年（元亀四年・一五七三）七月三日、信長は、一端は和睦した将軍義昭が、再び宇治で兵を挙げたと聞くや、六日には新造の快速船で琵琶湖を長浜から坂本まで十五里（約六十キロメートル）を一日で渡り、翌日には入京して、たちまち槙島城《まきしまじょう》に籠城する義昭を追放した。これが事実上の幕府の滅亡となり、二十八日は、この信長の奏請により、年号は「天正」に改められた。

この時の信長の動きは、正に電光石火の如きもので、信長だからこそ成し得たものであった。

八月十七日には越前に攻め入り、翌日には朝倉義景を自刃させ、更に二十六日には北近江に帰陣して、翌二十七日には重臣である羽柴秀吉に小谷城を攻めさせて、九月一日に浅井長政を自害に追いやった。

こうして自らに敵対するものを次々と打ち倒し、次第に朝廷の裁許を得ながら織田政権を着実に確立していった信長ではあったが、唯一、謙信の動向だけは軽視することができないものであった。

信長は知っている。〝今、謙信と戦っても、勝利はおぼつかない〟と……。

だからこそ信長は、天正二年（一五七四）に謙信へビロードのマントなど数々の進物や『洛中洛外図屏風《らくちゅうらくがいずびょうぶ》』を送り、天正四年（一五七六）には謙信の西上を想定して、安土城普請に着手し始めた。

天正二年三月、春日山城には、定例の評定を行うために重臣達が集まっていた。この席上には、信長が謙信へ送った洛中洛外図屏風が置かれ、評定が始まるまで、重臣達は一同に屏風を眺め、その素晴らしさに驚嘆した。そこに、直江景綱が現れるや、皆そそくさと、それぞれの席に座した。

その動きが落ち着くや、景綱が口を開いた。

「本日、御実城様は評定に来られぬ」

皆、それを聞いた時は、誰一人言葉を発しなかったが、すぐに場がざわつき始めた。

「直江殿、どうして御実城様は来られぬのか」

重臣の中でも、知将で知られる河田長親が、皆の代表のように尋ねた。そうすると景綱は、深い顔のしわが更に深くなる難しい顔をして言った。

「理由はあれじゃ……」

景綱は、屛風を指差した。

「あれとは、あの屛風でござるか……」

長親が再び尋ねた。

「左様、昨日この屛風が信長から届いての、これを一見した御実城様は急に表情を変え、そのまま毘沙門堂に籠もられておしまいになられた」

「毘沙門堂に……？　この屛風に何かお気に召されないようなことでもあるのでござるか？」

長親が尋ねるよりも早く、家臣の中でも〝越後の鍾馗《しょうき》〟と呼ばれる程、武勇の誉れが高い斎藤朝信《とものぶ》が景綱に問うた。

「ん〜。わしにも分からぬの……」

景綱は、一同の視線を受けているのが辛そうに答えた。

「よろしいでござるか」

ざわめく中、謙信の座る中央上座すぐ側に座している一人の若者が声を上げた。その若者は、端正な顔立ちであり、他のものには無い気品を漂わせていた。

「おお、景虎様。何か？」

景綱が尋ねたこの若者こそ、元亀元年（一五七〇）の越相同盟の際に、上杉へ人質に出され、そのまま謙信の養子となった上杉景虎であった。

「御一同、この屏風であるが、これはただの贈答品ではござらぬ」

「ただの贈答品ではないですと？」

景綱が景虎に聞き返した。

「以前、御実城様より聞いたことがあるのだが、まだ十三代将軍義輝公が御存命であったおり、義輝公は御実城様へある想い伝えるため、都随一の絵師狩野永徳に命じて屏風絵を描くよう命じられた。しかし義輝様は、屏風の完成を見ることなく三好・松永勢に攻められ、あえなく自刃されておしまいになられた。それにより、屏風絵の所在は分からないままとなった。この話を、御実城様は先の関白近衛《このえ》前久《さきひさ》様よりお聞きになられ、何としても義輝公の遺志を知るために屏風を探したらしいのだが、見つけることは叶わなかった」

景虎は、真正面に顔を向け、心静かに語った。

「まさか、その屏風こそ、これだと申されるのですか……」

朝信が身を乗り出し言った。

「おそらく……」

景虎は、言葉少なに答えた。それとは相反して、その場に居並ぶ諸侯は皆、次第にざわつき始めた。

「先程私《わたくし》も、屛風を拝見しました。その時気づいたのですが、御一同は左隻《させき》中央に描かれた足利将軍邸に向かう大行列を見られましたか」

諸侯は、〝えっ？〟というような表情をすると、そのまま屛風の方に顔をやった。朝信にいたっては、立ち上がって屛風の前に行き、景虎が言った屛風に描かれた将軍邸を探し始めた。

「おお、この行列でござるか」

朝信が大声で言った。

「はい、それです。それをよく見られるとよい。何かお気づきになられませぬか」

朝信は、景虎に言われるまま、その行列を凝視した。そこに長親も近寄って来て、朝信と共に屛風を見た。すると、長親が驚いたように言った。

「これは、毛氈鞍覆《もうせんくらおおい》ではござらぬか！」

「左様、それは紛れも無く毛氈鞍覆でござる」

変わらぬ冷静さで景虎が答えた。

『毛氈鞍覆』とは、天文十九年（一五五〇）、すなわち謙信が最初に上洛する三年半前に、守護と同等の身分を認めるものとして、将軍義輝から『白傘袋《しろかさぶくろ》』と共に使用を許された馬の鞍橋を覆う特別な馬具である。ちなみに謙信は、天文十九年だけでなく、永禄二年（一五五九）にも上洛を果たし、正親町《おおぎまち》天皇に拝謁している。

「行列の先頭の馬が付けているのが毛氈鞍覆だとすれば、列中央で塗輿《ぬりこし》に乗っておるのは……」

「無論、御実城様ということになります」

驚く長親に、景虎は、ひたすら冷静に答えた。

「おそらく義輝公は、早く我が下に参上して、京の政治秩序の再建のために働けと、御実城様に伝えたかったのではないでしょうか。義輝公が、御実城様へ送られるために、このような図柄の屏風を特別に描かせたのですから、そこにはそれ相当の想いが入っていると考えるのは、当然のことと思います。また、この推測が正しいものであれば、義輝公は、御実城様の関東管領の職を解かれ、将軍を補佐する管領職を考えていたとも推察できます」

「御実城様が管領……！」

『管領』とは、将軍を補佐する役職であり、力の無い将軍から政務を委ねられるようなことになれば、政務において実質上の最高権力者とも言える地位である。

「公方様が、そのようなことをお考えであったとは……。御実城様は屏風を御覧になられ、それに気づかれて感激し、堂に籠もって義輝様の御霊を御慰めしておるということでござろうか」

「いや……」

朝信の言葉を打ち消すように、景虎が言った。

「義輝公の御霊を御慰めしていることは否定致しませぬ。ただ、御実城様は、それだけで堂に籠もられているわけではないと思いまする」

「景虎様、どういうことでござろうか」

景綱が聞いた。

「問題は、この屏風が信長から送られて来たということです……。信長は、この屏風が描かれた経緯を当然知っているでしょう。それを知った上で、あえて送って来たのは、ただ単に御実城様が喜ぶと思ってのことではなく、そこには、また別の意味が含まれていると考えることができるように思います」

喋りながら、景虎が初めて難しい表情になった。

「別の意味ですと……」

朝信が、不思議な表情で言った。

「今の京都の主は、将軍家ではないということですな」

朝信の隣にいる長親が、景虎以上に難しい顔で景虎に尋ねた。

「はい、現在足利邸を押さえ、実権を握っておるのは、誰でもない屏風を送って来た信長本人です。そう考えた時、この屏風の意味は大きく変わります……」

「別の意味……」

　朝信が、少し困惑気味に呟いた。

「おそらく信長は、義輝公の遺品を送ることで関心を引き、御実城様を懐柔しようとしている反面、その裏では、将軍に拝謁するのと同じように、塗輿に乗って自分に挨拶に来いと御実城様を挑発しているのです」

　先程よりも硬い表情で景虎が言った。

「それが誠なら信長、何とふてぶてしい奴じゃ！」

　それまで黙って聞いていた北条高広が、吐き捨てるように言った。そしてこう続けた。

「御実城様は、しばらくは毘沙門堂からお出にならないでしょうな。きっとお一人で、さまざまなことを思い巡らしておるに違いない……。それにしても、景虎様の御賢察の鋭さには、我ら一同舌を巻きまする。さすが御実城様が御養子にされたお方でござる」

「いやいや某は、日頃から御実城様のお側にいてお話をする機会が多いゆえ、このように思えただけです。特別なものではござりませぬ。出しゃばったようでしたら、お許しあれ」

景虎は、そう言って諸侯が囃《はや》すのを止めた。それと同時に、自分より一つ上座に座る人物に、チラリと目をやった。

その人物とは、永禄七年（一五六四）に野尻湖で父政景を失い、その直後謙信の養子となって、現在では跡目を継ぐと目されている喜平次顕景《あきかげ》であった。

喜平次顕景は、非常に寡黙で、評定の場でもめったに言葉を発することがない。それは、幼少の折の悲惨な経験からか、生まれもったものなのか、はっきりとは分からない。この日も、評定の場に来てから一言も発せず、皆の発言を黙って聞いていた。

ただ、年は景虎よりも一つ下の十八でありながら、常に口を横に固く結び、眉間に深いしわをつくって一点を見つめるその姿は、周囲のものも、容易く声を掛けることができない雰囲気をかもし出していた。

「顕景様、景虎様、御実城様が来られぬゆえ、今日のところは評定を止めにしたいと存ずるが、よろしいかな」

景綱が二人に尋ねた。

「そう致しましょう」

景虎は丁寧に答え、顕景は景綱を見て小さく頷いた。

才気煥発《さいきかんぱつ》で、常に皆から賞賛を浴びる景虎と、剛毅木訥《ごうきぼくとつ》で、周囲を寄せ付けない凄みをもつ顕景。

この二人の養子もまた、謙信と信長同様、全く違う個性で周囲を巻き込み、その運命を左右する宿命を背負うもの達であった。

──外からの信長の驚異と、並び立つ二人の養子の存在──

上杉家中は、これから避けることができぬであろう問題を内外に抱え、家臣達の心は、今までにない程、落ち着かないものとなっていった。

ただ〝謙信〟という存在だけが、そんな家臣達の心をかろうじて平穏に保たせていた。

三

天正三年（一五七五）五月、織田・徳川連合軍三万八千は、三河長篠城西方の設楽原に武田軍一万五千を迎えた。

信玄が没したとはいえ、武田騎馬軍団の威力は、いささかも衰えておらず、信玄の跡目を継いだ武田勝頼も、父信玄が存命中に落とせなかった高天神城を陥落させるなど、武名を轟かせていた。

しかし信長は、三千丁の鉄砲隊を三列に分け、一列ずつ次々と馬防柵から射撃を繰り返す〝三段撃ち〟という一丁だけでは連射ができない鉄砲の弱点を補う方法で、わずか八時間で武田勢を打ち倒した。

　世に言うこの長篠の戦いに臨むため、信長は近江の国友や和泉の堺といった鉄砲生産地を勢力下に置いて、自前で鉄砲製造に着手し、鉄砲を中心とした戦法を編み出す準備をしていた。それにより、鉄砲が伝来した当時一丁一〇〇〇金（現在の価値で千六百五十万円）であったものを、一丁三十金（五十万円）で生産することに成功した。だが、それでも三千丁を揃えるとなると、現在の金額にして約十五億円の費用がかかったことになる。だからこそ、鉄砲による三段撃ちの戦法は、全国を見渡しても資金力で群を抜いていたとともに、新たな発想をする信長にしか成し得なかったと言っても過言ではなかった。

　こうして、最強を誇る武田騎馬隊を殲滅した後、信長は更に勢いに乗って、この年の八月には、越前府中に入って、一向一揆を壊滅させた。

　このように、破竹の勢いに乗る信長の急激な伸張が、一向一揆と謙信の関係を一変させた。信長と激しく交戦していた石山本願寺第十一代法主顕如光佐《けんにょこうさ》が、翌年の五月に謙信に和解を持ち掛けてきたのである。

　長年の間、一揆勢に悩まされ続けてきただけでなく、信長が越前にまで勢力を拡大してきている今の状況を考えれば、謙信にとってこの和解の申し入れは、望むものであった。

更に時を同じくして、追放されて備後鞆津《とものつ》にいる十五代将軍義昭からも、信長を追討し足利幕府再興に尽力するよう求められてもいたので、謙信は迷うことなく一向門徒や信玄といった共通の敵と対峙するため、元亀三年（一五七二）に結んだ信長との同盟を破棄し、代わりに一向一揆と和睦して、信長に敵対する意志をあらわにした。

戦略家としての謙信の特質は、素早い決断と大胆な機動にある。信長を倒し、足利幕府を再興すると決めた謙信の動きは実に速かった。

八月末に越中に雪崩れ込むや、飄風《ひょうふう》の如き勢いで諸城を陥落させ、越中をほぼ完全に制圧した。そして、その勢いで謙信派と信長派に分かれて内部が対立している七尾城を包囲した。

これから軍を加賀に進めた場合、必然的に越前を制圧して加賀へ勢力を伸ばしている信長と対決することとなる。その時、背後になる七尾城が信長に組してしまえば、越軍は挟み撃ちになるだけでなく、兵糧の確保もおぼつかない事態となる。よって、七尾城を押さえておくことは、これから西上していくために、戦略上絶対的にしておかなければならないものであった。

七尾城は、石動山系の北端、標高三百メートルの松尾山上に築かれた天嶮《てんけん》の要害であり、いかに謙信といえども、これを落とすのは容易ではなかった。付城まで築き、攻略の糸口を掴もうとしたが思うように行かず、越年することを余儀なくされた。その折も折、北条氏政が謙信方の諸城を攻撃し始め、関東の諸将から救援依頼が飛び込んで来たため、能登の諸城に守兵を配し、甚助ら軒猿十数名には七尾城の情報収集に当たらせて、謙信自身は三月に春日山に戻って、準備ができるとすぐに関東へ出陣した。

他の武将なら、上洛を目指す戦の最中《さなか》、このような行動はまずしないであろう。しかし謙信は、いついかなる時も関東の秩序を保つ関東管領たる己の任を重く受け止めるとともに、我欲ではなく義を重んじることを第一としたため、関東から救援要請がくれば、何を置いても馳せ参じるのである。これこそ、謙信の謙信たる所以といってよい。

関東の始末が一段落すると、義昭と毛利輝元から早期の上洛を促す密書が届いた。それに答えるべく、謙信は七月八日に能登に取って返し、不在中に奪還されていた諸城を尋常ではない速さで奪い返し、七尾城攻略のための態勢を再び整えた。

二度目となる七尾城攻めは、力ずくで攻めることは避け、謙信は城内部にいる親謙信派の遊佐続光《ゆさつぐみつ》に、親信長派を一掃させるという策をとった。この時、内部とのやり取りには、甚助を中心とした軒猿を巧に使った。

この策が功を奏し、九月十五日にようやく七尾城は謙信に明け渡された。


翌日の夕刻、謙信は陣中でしばし七尾城攻略の疲れを癒すように、直径四寸弱（約一一・七センチ）、深さ二寸弱（約五・四センチ）の大杯である『馬上杯《ばじょうはい》』片手に酒を楽しんでいた。

その側には、十左衛門と今回よき働きをした甚助が呼ばれていた。

「甚助、此度はよく働いてくれた。そちにも杯を取らす」

そういうと謙信は、馬上杯を甚助に無理やり渡し、自らなみなみと酒を注いだ。

「御実城様、某は忍びでござる。このようにされては、もったいのうござりまする。それに某には、御実城様をお守りするお役目がござります」

甚助は、杯を持ったまま平伏した。

「甚助、遠慮するでない。今は、そち達とわししかおらぬ。この杯は此度よく働いてくれたそち達軒猿全てに向けて取らせておるものなのじゃ。皆の代表として飲み干さねば、主として許さぬゆえ、心して飲むがよい。それとも、このわしの酌では不服と申すかぁ。さあ飲め、酔わぬことは分かっておるが、もしお主が酔いつぶれても、十左がおるゆえ、今夜のことは安心せよ、なあ十左」

「御意」

謙信は上機嫌で、それが表情にも声にも出ていた。冗談めいた謙信の言葉であったが、十左衛門は、それにわざと固い返答をしてみせ、それが余計におかしさを生んだ。

「それでは、いただきまする……」

甚助は、かしこまって杯を飲み干した。

「よし、それでよい。軒猿達には、改めて褒美を取らそう。それにしても、甚助は、よい忍びになったの。十左、お主が鍛えたのであろう」

「……いえ、甚助の日頃の修練のたまものでございます」

「左様か。あはははは……」

「いえ、十左衛門殿には、何かと……」

甚助は慌てて言ったが、謙信は耳を貸さず、楽しそうに笑い続けた。そしてこう続けた。

「十左、十四郎は飛影と一緒か」

「はい、飛影の一団に加わり、加賀まで織田方の動きを探りに行っておりまする」

早いもので、十左衛門の息子十四郎は十九になり、此度の戦に飛影配下の忍びの一人として参加していた。十左衛門は、自分の身近に置くよりも、離した方がより学ぶことが多いと考え、息子を飛影に託していた。

「そうか、十四郎も忍び働きができる年となったか。これから上杉のために、大いに働いてもらわねばならぬな」

「はて、十分お役に立てられるでしょうか。まだ甘さの抜けぬ、ひよっこでござりまする……」

　このようなことを言う十左衛門の顔は、子を心配する親のそれである。

「いや、十四郎は、十左衛門殿の血を引いているだけあって、もう既に只者ではない片鱗を見せておりまする。動きの速さは、既にこの甚助を超えておりまする」

　飲み終えた杯を、謙信に両手で返しながら甚助が言った。

「ほう、左様か。これは楽しみであるな。それにしても十左よ、此度の兵どもの動きも、いつも以上に目を見張るものがあるな」

「はい、重臣の方々から足軽まで、此度の戦は皆、これまでにない程の意気込みで望んでおりまする。これも、春日山を発つ際に、御実城様が皆に伝えた想いが、軍全体を活気付けたからに相違ありませぬ」

「左様か……」

謙信は、いくら飲んでも酔うようなことは無かったが、十左衛門の言葉を聞くその姿は、気持ちよくほろ酔いしているかのように見えた。

謙信は、此度の西上作戦を皆に伝える際、上洛して信長を討ち滅ぼし、足利将軍家の再興を目指すが、それが叶わない場合は、世の秩序を取り戻すため、自らが天下に号令をすると述べていた。

〝御実城様が天下を統べる〟

これを聞いたものすべてが、一同にそう思った。

謙信は今まで、足利将軍家に忠誠を誓い、その下で関東管領として関東の秩序回復にのみに兵を動かす義戦の人であった。よって、自ら天下の覇権を取るなど、決《けっ》して口にすることはなかった。家臣達も、そのような謙信の考えの下、自らの得にならない人のための戦いをひたすらに続けていた。

しかし、此度の戦では、その謙信が天下を目指すと言うのである。これまで願ってはいても、謙信の手前上、決して口にできなかったことを、謙信自らが言い放ったのである。

この謙信の言葉を聞いた家臣達は、いよいよ天下取りの戦ができると、大いに沸き立った。そして、京に上杉家の旌旗がたなびく日を思い描いた。

「十左よ、今までわしは、関東の秩序回復ため、利にならぬ戦を皆に強いてきた。しかし、その関東攻略が思うように進まず、家臣どもも領地を増やせず不満を募らせているであろう。また、信長の如き輩が、天下をいいようにしようともしておる。あのような延暦寺を焼き打ちするような神仏を恐れぬものに、天下を握らせるわけにはいかぬ。幕府が滅亡した今、誰かがこの戦乱の世を平穏に戻し、秩序の回復を図らねばならぬ。まずは京に上り、将軍家の復興を目指すが、それが叶わぬ時は、本意ではないがこのわしが天下を治め、この世に美しき秩序を取り戻す役目を果たす所存じゃ」

「御実城様……」

十左衛門は、そう言って謙信を見た。そして、酌をしようと謙信の杯に酒を注ごうとした。

〝カタカタカタ…………〟

杯を持った謙信の右手が小刻みに震え、音を立てた。

〝！〟「どうなされました御実城様！」

十左衛門と甚助は、何があったか分からず声を上げた。

「いや、何でもない、大丈夫じゃ」

謙信は、左手で右手の震えを押さえながら答えた。

「御実城様、お加減でも悪いのではございませぬか」

心配そうに甚助が言った。

「いや、そうではないのだが、近頃時々こうなるのじゃ。時期に治まるゆえ、心配致すな」

謙信は顔を引きつらせて言った。そしてしばらくすると、震えも少しずつ小さくなった。

「御実城様、今日は早く横になってくださりませ。疲れも溜まっておられるのでしょう。それと、このような時は御酒《ごしゅ》もお控えなられませ。大事なお体ゆえ、この十左めの言うことを、お聞きくだされ」

十左衛門は、いつになく強く謙信に迫った。

「大事ないというに、大げさじゃな……」

十左は、謙信を真っ直ぐに見つめ、目をそらそうとしなかった。

「分かった。分かった。そちの申すようにしよう。甚助よ、よい酒が飲めて楽しかったぞ。軒猿のもの達にもよろしゅう伝えてくれ。また飲もうよの」

「はっ。それでは、某はこれで。御実城様、くれぐれもお体をお大切に」

そう言うと、甚助は一度十左衛門と目を合わせ、謙信に一礼した後、陣幕の外に消えて行った。

「十左、余計なことを申しおって……。甚助に悪いことをしたではないか」

「御実城様、いつからにございますか。いつからそのようにお手が……」

残念がっている謙信に、十左衛門は真面目に聞いた。その様子に、謙信もちゃんと受け答えしないわけにはならなくなった。

「先月からじゃ……」

「先月……。御実城様、大事をとって、一度春日山に戻られた方がよろしいように思いまする。どうか、お体をしばらく休められてくださりませ」

十左衛門は、少し強く謙信に訴えた。

「それはならぬ。信長の軍が加賀まで侵攻してきておるのじゃ。今引き返せば、軍の志気に関わる。十左、無理はせぬゆえ心配致すな」

「御実城様……」

十左衛門は、不吉な思いを抱きながら、疲れの漂う謙信を見つめた。

二日後の九月十八日夜半、織田の軍勢が加賀の手取川を越え、水島に布陣したとの報が、飛影から松任城にいる謙信に伝えられた。その軍は、柴田勝家を軍団長に、丹羽長秀、明智光秀、滝川一益、前田利家、佐久間盛政、佐々成政ら、錚々《そうそう》たる顔ぶれで、総勢およそ三万であった。

この時、十四郎は織田の陣中に入り込み、兵に成りすまして、信長の動向を探っていた。そうして得たのは、信長は越前北庄《きたのしょう》に本陣を置き、後日直属軍一万二千を率いて勝家に合流するということと、武将の一人である羽柴秀吉が、能登に進軍せず南加賀の守りを固めるべきと勝家に意見したが、聞き入れられなかったことで、自らの軍を引き上げたというものであった。

〝織田軍は、信長不在にして一枚岩にあらず〟

この十四郎からの報も、飛影を介して謙信に伝えられ、上杉軍は一層沸き立った。

十四郎は思う。

〝織田の軍勢は、信長という巨大な存在によってようやく形を成している。それは、謙信を中心とした上杉軍に似ているところではあるが、信長は魔王の如き禍々しさで全てを統括しているのに対し、謙信は神の如き神々しさで皆を導いている。この戦は正に、邪将と聖将、侵略軍と義軍の戦いである〟と。

十四郎は年こそ若いが、一人前の潜入術と情報分析力を兼ね備えているだけでなく、大した胆力を備えた稀有《けう》な忍びに成長していた。これ全て、十左衛門の血と修練の賜物であった。

「神をも恐れぬ不届きなもの達め、手取川を越えおったか。これにてあ奴らの命運は尽きたわ！　一兵たりとも生きては返さね。来春には上洛を果たそうと思っておったが、場合によっては、年内にその志を果たそうぞ！」

謙信はそう言うと、直ちに出撃の準備に取り掛かるよう諸侯に言い渡した。この時上杉軍は、一向門徒や降兵を銜《くわ》えて、三万七千にまで膨れ上がっていた。

この動きに、対する織田軍は気づいていない。それどころか、七尾城が落ちたことすら確認できていなかった。

この陰には、勝家が放った忍びが、一人残らず飛影率いる軒猿により仕留められたとともに、七尾城が落ちずに持ち堪えていると、飛影らの画策で嘘の情報を勝家に掴ませたことがあった。

ここに、あの死神、朱烈炎がいれば事態は変わっていたかもしれない。これは、織田軍に侵入している十四郎にとっても、その力量の差から、幸運であったといえる。兵にしても、忍びにしても、織田軍の中で信長直属か否かで、その力には大きな差があったのである。

九月二十三日深夜、激しい雨が降りしきる中、勝家の陣に七尾城陥落と謙信迫るという知らせが飛び込んで来た。この予想外の知らせに、織田軍は騒然となり、緊急軍議が開かれた。

「どうしてじゃ！　どうして今まで謙信の動きが分からなかったのじゃ！」

勝家は、苛立つ気持ちを隠すことなく、怒鳴り散らした。

「勝家、まず冷静になられよ。苛立っていては話にならぬ」

勝家に続く実力者である丹羽長秀が、勝家を諫めた。

「冷静になれだと、あの信玄入道と互角以上の戦いをした謙信が、目の前まで来ておるのだぞ！　冷静になれなどと、お主は今の状況が分かっておらん！」

「分かっておるから言っておるのだ！」

勝家は、戦略家ではあったが、猪武者的要素が強かった。よって、時折このように軍儀において怒鳴りまくり、戦場でも勢いに任せて突進する場面が幾度もあった。このような勝家の行き過ぎを常に止めたのが、織田軍内での地位が同格であり、古い友人である長秀であった。

この二人のやり取りに、他の諸将は口を閉ざした。

「……柴田様、ここは引きましょう」

一時の沈黙の後、一人の男が進言した。それは、十年程前に信長傘下に入った新参衆でありながら、数々の軍功などにより信長から絶大な信用を得、今や勝家・長秀に次ぐ地位にまでのし上がっていた明智光秀であった。

「光秀、今何と申した。軍を引けだと」

勝家の目が血走った。

「はい、知らせによれば、謙信は五日も前に松任城に入っております。ということは、既に我らを討つ準備は終わり、今にも押し寄せて来るでしょう。このことから考えても、このままここに居座るのは、我が方にとって不利にござる。ここは一端軍を引き、滞りなく謙信を迎え撃つ準備を整えて、改めて一戦に及ぶがよろしいかと存知まする」

光秀は、公家の作法にも通じ、都人の如き優美さを、その姿に漂わせる品のある人物であったが、このような時は、一介の武士《もののふ》としての強さを表に出す武将であった。

「黙れ光秀、謙信を目の前にして軍を引くなど、武士の名折れではないか！」

光秀の言を正面で聞いていた滝川一益が、膝を叩いて光秀に怒鳴った。この男も、新参衆ではあったが、軍功により信長に引き立てられた剛のものであった。

「武士の名折れなどということはない！　仮にここで戦に及び、壊滅でもしたら、御屋形様に何と申し開きをするのだ。先を考えず戦に臨むなど、勇猛とは言わぬ。それは匹夫《ひっぷ》の勇と申すのだ！」

「おのれ光秀、わしを匹夫の勇と申すか！　御屋形様の覚えがめでたいのをいいことに言いたい放題言いおって！　表に出ろ！　二度とその涼しげな顔ができないようにしてやる！」

一益は、刀の柄に手を掛けて立ち上がった。

「一益、静まれ！　勝家、いかがする。あまり猶予はないぞ。ここは面子を捨てて、軍団長として決断をされよ！」

長秀は、勝家に迫った。勝家は鬼の形相になっている。

軍議は、その後半時続いた末、撤退と決した。そしてすぐに、織田軍は陣払いを開始した。

夜半、雨が一層激しくなる中、陣払いを急ぐ織田の軍勢の耳に、地響きが聞こえてきた。

〝何事？〟

兵達は、迫って来るその轟音に恐怖を覚え、体が硬直した。

「敵襲ー！」

その声に、織田の兵は更にうろたえ、陣中は混乱し始めた。

戦う準備が整わない織田軍に、謙信率いる軍勢は、情け容赦なく襲い掛かり、反撃の余地を与えなかった。その大軍の中央に、行人包みをした謙信が馬に跨り、太刀を片手に突進して来た。

織田の兵達も多少は反撃を試みたが、勢いに乗った上杉軍を止めることができなかった。そんな中、矢の数本が謙信めがけて放たれたが、それはことごとく、謙信に付き従う十左衛門の手裏剣と神速の技により阻まれた。

迫り来る矢が、手前で掻き消える謙信の姿に、織田の兵達は神の姿を見た。諸将達も、軍を立て直すべく、各部署に下知《げち》しながらその姿を仰ぎ見た時、まさしくそこには闘神がいた。

「あれが、越後の龍、毘沙門天の化身か……」

明智光秀は、ぎりぎりまで陣に残り、闘神の姿をその目に焼き付けた。この時の織田の諸将の中で、謙信率いる上杉軍の力を冷静かつ正確に捉えることができていたのは、この光秀と羽柴秀吉だけであったであろう。

「一兵たりとも逃すな！　いかに多くの鉄砲で武装していようとも、この雨では使うことかなわぬ！」

謙信が太刀を振るいながら、味方の兵に激を飛ばした。そこに、若い忍びが飛び込んで来た。それは、織田軍の動きを偵察していた十四郎であった。

「御実城様！」

「おお、十四郎！　織田の軍から戻ったか」

「はい、これより御実城様をお守り致します」

「うむ。して、手取川はどのようになっておる」

「はい、御実城様の読みどおりでござりまする」

その十四郎の答えに、一瞬謙信の口元が緩んだ。そして再び兵に激を飛ばした。

「皆のもの、織田の兵どもを手取川まで追い立てよ！」

上杉軍は、更に勢いに乗り、織田方は逃げ惑うばかりとなった。

「父上、加勢致しまする」

十四郎が十左衛門に言うと、十左衛門は愛想もなく「気を抜くな」と、一言だけ返した。

十左衛門と十四郎を従えて戦うこの時の謙信の姿は、正に夜叉と羅刹の二神を従え魔邪を調伏させる武神、毘沙門天の如しであった。


勝家ら、織田軍の中心を成す部隊は、ようやく手取川まで辿り着いたが、そこで、信じられぬ光景を見た。

「川が渡れぬ……」

折からの大雨で水嵩が増し、手取川は激流に変貌していた。

「これが、毘沙門天の力、謙信の力なのか……」

勝家は、今まで感じたことの無い絶望感と恐怖心に身を凍らせた。

織田軍は、そのまま上杉軍に追いやられ、わずか半時の戦闘で千人余が討ち取られ、その外のものも、次々に激流に飲み込まれて溺死し、わずかに残った勝家をはじめとする諸将と兵達は、北庄へと敗走した。

「終わったな」

激流に飲まれる織田の兵を見ながら、ポツリと謙信が呟いた。

「御実城様、雨が止み、水が引きましたら、一気に越前北庄まで軍を進め、柴田らを討ち取りましょう！」

謙信に斎藤朝信が馬で近づいてきて、騎乗の謙信に迫った。

そうすると謙信は、「此度は、これまでじゃ」と言うと、馬頭を返してゆっくりと突撃して来た道を戻り始めた。

「何故ですか。何故このまま進まれませぬ！」

朝信が、謙信の背に向けて叫んだ。そうすると、謙信は馬を止め、振り返らずに言った。

「このまま越前に侵攻するは容易いやもしれぬ。だが、このまま西に進んでいる間に、関東の北条が、再び越後を脅かすような動きをしたら何とする。関東が十分に治まらねば、これ以上の西上は望めぬのだ……。此度わしは、乾坤一擲《けんこんいってき》の覚悟で信長に戦いを望んだが、以外にその兵は弱く、これだけやられれば、信長もそう容易くは軍を立て直せまい。この分で行けば、慌てずとも関東を平定した後、夏になるまでには上洛は叶う。まずは、後顧の憂いを取り払うのが先じゃ」

この後、謙信は七尾城に戻って一部を修築し、遊佐続光らに守らせて、十二月末に春日山に凱旋した。

この戦いは、謙信率いる上杉軍が、織田軍と戦った最初で最後の戦いとなった。そして後世人々は、この戦いを手取川の戦いとして伝え、次の狂歌を詠んだ。

上杉に逢ふては織田も名取川（手取川）
はねる謙信、逃《に》ぐるとぶ長（信長）

一方、信長は、自軍の大敗を北庄城で聞いた。

「勝家め、何をやっておる。何をやっておるのだ！　まんまと謙信と一向宗徒の策にはまりおって。あの役立たずめが！　して、謙信はこちらに向かっておるのか！」

信長は、知らせをもって来た伝令に激しく問うた。

「いえ、上杉軍は七尾城に兵を引き、越後に戻る準備をしているようでござりまする」

「何ー！　越後へ引き返すだと。何故、わしを討ちに来ぬのじゃ。わしなど相手にしていないということか！　……いや、そうではないはずじゃ。だとすれば、国元で何か起こったか、背後に心配でもあるのか……」

信長は困惑しながら伝令を返し、部屋で一人、しばらく厳しい表情で何も言わず座していた。だが、しばらくすると冷淡な顔つきとなって呟いた。

「謙信は来ぬか……」

信長の口元が緩んだ。そして、それまでとは打って変わって、顔全体に悪鬼の如き歪んだ笑みを浮かばせた。

「ふふふふ、謙信、この信長を倒す唯一の好機を逃しおって……。此度の大敗、思えば勝家程度に倒せる相手ではなかったということか……。だが、負けはしたが、収穫がなかったわけではない。長篠では、鉄砲の威力を存分に知ることができたが、此度は鉄砲の弱点が改めて分かった。次の合戦までには、鉄砲を使った戦術を練り直さねばなるまい。それと……」

信長は、鋭く光っていた目を閉じた。

「やはり謙信は邪魔じゃな……。謙信により、上杉軍は神がかりな強さとなる。であれば、謙信には消えてもらわねばなるまい……」

信長は、再び目を開き、その鋭い眼光で隣の部屋に続く閉められた襖に目をやった。

「聞いておるか」

「はい」

襖の向こうから、低い男の声がした。

「烈炎、まずは越後を探れ、そしてわしからの命を待て。その命とは、どのようなことか分かっておるな……」

「はい」

信長は立ち上がり、襖に近寄って行き、力を込めて開けた。しかし、そこには誰もいない暗い部屋が広がっていた。だが、廊下に面している障子が少しだけ空いており、そこから北陸ならではの冷たい粒氷混じりの風が吹き込んでいた。

「この風、心地よいわ……」

そこには、氷風の中に立つ悪鬼の微笑があった。

第五章　月夜の語らい

一

年が改まった天正六年（一五七八）正月十九日、早くも越後では、関東平定に向けた陣触れが発せられた。出陣予定日は、雪解けを待った三月十五日と定められ、家中は織田との一戦を終えて一時正月気分ではあったが、これにより一気に緊張状態へと変わっていった。

しかし家臣達は、この戦支度の先には、天下取りがあることを意識しているせいか、全てのものの顔に、やる気が漲《みなぎ》っていた。

こうして越後は、深い雪に閉ざされながらも、内部は熱く、活気に満ち溢れていた。そうして月日は過ぎ去り、野山には少しずつ雪の間から緑が見え始め、北国に桜の舞う三月となった。

十四郎は、先の戦でも活躍できる程の成長を遂げ、今では一人で炭焼き小屋の周辺で忍びの修練を積み、小屋の中では、手裏剣などの武具を作って毎日を過ごしていた。その傍ら、軒猿の里に行っては、ここでも同年代の軒猿と修練を積み、技を競い合い、語り合って親睦を深めていた。

ただ、十四郎には、軒猿の里に行くのに、別の理由があった。

それは、幼い頃から、里で共に忍びの修行をし、今では恋仲となっているお千代に会うというものであった。

十四郎が十五を過ぎると、十左衛門は、自分が居ずとも大丈夫と判断し、それまで定期的に十四郎の下に帰って来ていた生活を改め、謙信の護衛に専念するようになった。そのため十四郎は、一人で軒猿の里に行っては、楓に厄介になりながら忍びの修行をしていた。だが、母代わりであるその楓も、戦の有無に関係なく城に上がることが増え、十四郎は、日々一人で父に言い渡された術の修練と、軒猿が行う修練の両方を、寂しい想いを胸に秘めながら、ただひたすらこなしていた。そのような中で、その存在を意識し始めたのが二つ年下のお千代であった。

お千代には、父親がいない。十三年前の関東出陣のおり、軒猿の一人として北条の忍びである〝風魔〟の一党と闘い、あえなく命を落とした。母親は、里の女ではあったが、留守を守る程度の武芸の心得のみで、くの一としての働きはなく、ひたすら里にいて、女手一つでお千代を育てていた。

里には、お千代と同じ境遇で、両親もしくは片親しかいない子どもはざらである。だから皆、協力し合って野良仕事も子育てもしている。特に戦で男どもがいないときは、長老衆と女達で村を守っている。

そんな、心に影を持つもの同士、十四郎とお千代は次第に惹かれ合うようになった。


出陣が間近に迫った三月八日の夕刻、軒猿の里の外れにある空き家となった百姓小屋の中に、人目を忍んで会う十四郎とお千代がいた。

小屋には、いっぱいに藁《わら》が積まれており、二人はその藁に横たわって、所々《ところどころ》破れた藁葺き屋根の間に見える白銀の月を眺めながら言葉を交わしていた。

二人は、まだ手を握る程度の初《うぶ》な関係ではあったが、強い想いで結ばれていた。

「ここに来るのは、久しぶりだね」

お千代が、笑みを零しながら言った。

「ああ、そうだな。お前とこうしたいとは思ってはいたが、里の連中とも付き合わねばならぬからな」

「里の連中って、弥平と又五郎でしょ。いつも三人で何かこそこそやってるよね。何か私に言えないような悪いことをしてるんでしょ」

お千代は、変な探りを入れながら言った。

弥平と又五郎とは、十四郎と同年で、幼き頃より兄弟のようにして育った軒猿である。先の織田軍への侵入作戦にも、飛影の指揮の下、共に参加していた。

「違う、違う。昨日などは、弥平の闘術の訓練に、飛影さんから又五郎と一緒に付き合うように言い渡されて行っておったのじゃ。弥平は、潜入術や遁走術はなかなかなんだが、いざ敵と組み合って闘うのが今一じゃから、飛影さんが心配して、稽古を付けてくださったのじゃ。おかげでわしも、一日あいつの付き合いでこのざまよ」

そう言うと十四郎は、稽古でできた両腕の青あざをお千代に見せた。

闘術については、軒猿の中では並ぶもののいない程の腕前である十四郎が、青あざをつくる程であったことから、そうとう激しい稽古だったことが、お千代にもすぐに分かった。

「ふふふ、十四郎さんがそんななら、弥平は……」

「ああ、体中の痛みで夕べから動けなくなっておるじゃろう。全く、あれじゃ戦に出られんぞ」

二人とも、弥平の痛がっている姿を想像して、苦笑いした。

「そういえば、飛影さんの赤ちゃん、この前見せてもらった。かわいかったよ」

それを聞いた十四郎は、少し変な表情になった。

「あのさ……。名前聞いたか……」

お千代が、少しニヤッとして答えた。

「飛猿《ひえん》でしょ。飛ぶ猿だって。何か笑っちゃう……」

「軒猿の飛影の息子だから飛猿……。単純というか何というか……。もう既に立派な忍び名だよな。他になかったのかね……」

十四郎は、より複雑な表情をした。

「いいじゃない。年をとってからの初めての子だから、余計にかわいいし、期待しているんだよ」

「飛影さんは、父上と同い年だから……四十七か……。こりゃ、飛猿のためにも戦で犬死にはできんな。逆に張り切りすぎて無理をしなければよいが」

十四郎は、含み笑いをした。

「また戦ね……」

お千代が、ポツリと言った。そこには、わずかな憂いがあった。

「ああ、今度の関東への出陣は、京へ上るために、しておかねばならない大事な戦だ。要所を押さえ、我らが上洛している間に、北条が好きに動けぬようにせねばならぬ」

月を見つめながら十四郎が言った。

「何か、嬉しそう」

　お千代は、十四郎に顔を向けて言った。

「そりゃぁそうさ、今回は、今までの関東遠征とは違って、天下取りにつながる戦だ。わしだけじゃなく、国中の男どもは皆、やる気に満ち溢れているよ」

　十四郎の表情と口調は、戦が楽しみであるようであった。

「……怖くないの」

　お千代の表情は、十四郎のそれとは対照的で、心配だけが面に表れていた。

「怖い？　……う〜ん　全く怖くないかと言われれば、そうじゃないが……」

　十四郎は眉間にしわを寄せた。

「この前の、越前侵入の時もそうだったけど、侵入するまでは緊張して、体がガチガチだった……。そうしていたら、侵入直前に飛影さんに笑われた。父上に緊張を解す術は教えてもらわなかったのかって」

「緊張を解す術って、九字護身法《くじごしんほう》？」

　お千代が十四郎に顔を近づけて聞いた。

『九字護身法』とは、精神を集中し、力を奮い起こすものである。これは、中国の道教経典『抱朴子《ほうぼくし》』に記された山に入る際の魔除けの密呪が、そのルーツとされている。

「いやいや、それなら忍びであれば皆知っている。九字は既に唱えていたさ。それでも緊張していたから笑われたのさ。でもその後に、飛影さんから、かつて御実城様が出陣する前に、兵を前にして言われた言葉を教えてもらった」

「御実城様の言葉？」

お千代は、興味深そうな目で十四郎を見た。それに答えるように、十四郎は言った。

「死なんと戦えば生き、生きんと戦えば必ず死するものなり！」

口にしたのは十四郎ではあるが、その内容からは、十分に謙信の威厳が伝わってきた。

「何か凄いだろ。この一言で、わしは腹が据わった。そして、怖さを感じることなく集中して敵陣に潜り込めた。特に、手取川で父上と共に御実城様をお守りする戦いができたことは、わしの一生の思い出じゃ。わしはまた、父上と共に、あのような戦いがしてみたい」

そう語る十四郎の顔は、己のいる場所と己のするべきことを得た男のものであった。

「もう、越後の男はみんなそう。御実城様を守るためなら、飛んで来る矢を防ぐ楯にだってなるんだから」

お千代は、少しふくれている。

「当たり前だ！　御実城様は常に、民百姓だけでなく、我ら忍びのものにまで格別なるお声を掛けをしてくださり、生活も困らぬよう配慮していただいているのだぞ。そのような殿様が他にいるか。そのようなお方をお守りせんで、何の忍びと言えよう。お前も御実城様のことを、そう思っているだろう！」

十四郎は、少しムッとした顔でお千代を見た。

「……それは、そうだけど……。ただ、あまり無茶はしてほしくない……。戦の度に、里のものが命を落として行くのを見るのが嫌なの」

お千代は、戦の度に行われる葬儀を見る度に、戦の不条理と、いずれは自らもその戦に忍びとして身を投じなければならない宿命に心を迷わせていた。

「心配するな。わしはあの父上の子だぞ。戦場では死を賭して戦うが、そう簡単には命をくれてやったりはせぬ。それに、わしらが倒れれば、お前が戦に出なければならなくなる。そんなことは決してさせん。わしが、御実城様もおまえも守る。安心せえ」

お千代は、十四郎の言葉に、不安な心が温かく包まれたような感情を覚え、目元が少し潤んだ。

「それには……」

しんみりとしているお千代の横で、十四郎が真剣な顔つきで言った。お千代は、十四郎の一言に、〝えっ？〟というような感じで反応した。

「そのためには、一刻も早く父上に認められる忍びにならねばならぬ。そして、今だ教えていただくことが叶わぬ秘術を伝授させていただかねばならぬ」

十四郎の目は、真っ直ぐに月を見ている。

「秘術って、甲賀に伝わる術のこと？」

「ああ、甲賀の流れではあるらしいが、父上の話では、どうも甲賀の術というより、我が霧風の家に伝わる秘伝らしい……」

十四郎は、横たわっていた藁から上体を起こした。

「甲賀の術は一通り教えていただき、ようやく認められたゆえ、戦に出ることまで許されるようになったが、未だに父上は、わしに秘術の伝授をしようとはせぬ」

「その秘術って……、以前、お頭《かしら》とおじさんが闘わないといけないことがあって、その時おじさんがお頭に奇妙な技を放って、お頭を闘えなくしてしまったっていう話を聞いたことがあるけど、もしかして、それがその秘術かしら……」

お千代も、ゆっくりと起き上がりながら言った。

「父上と真兵衛様が、以前闘われというのは本当のことみたいだけど、その時に使った技が秘術かどうかは分からない……。何せその時のことを、父上は話そうとはせぬ……。どうも決闘とかではなく、複雑な政《まつりごと》が関わっていたようだから……」

お千代を見て話す十四郎の顔は、だんだんと困惑の色を見せた。

「ただ、これから上洛を目指すには、今まで以上の厳しい戦いが強いられるはずじゃ。今のわしの力では、風魔や饗談の手練れに出くわしたら、倒せるとは到底言い切れん。事実、世の中には、あの飛影さんに深手を負わせる程のものがいる……。だからこそ、更に父上に認められるだけの力を付け、一刻も早く秘術を授けていただき、父上のような忍びにならねばならぬ」

十四郎は、忍びとしては穏やかで、明るい性格である。そして、何より真面目であり、その真面目さは、忍術修行の際に色濃く現れていた。だからこそであろうが、その真面目さが、今は明らかにあせりとなっていた。

そんな十四郎を見つめるお千代は、ただ、黙って見つめるほかはなかったが、更なる戦いに身を投じようとするその姿を見ると、素直に引き止めたいという思いの方がだんだんと強くなった。

十四郎は、自分を見つめるお千代の手を強く握った。お千代の手は、握ると包み混まれるような柔らかさのある、いわゆる〝あま手〟であり、十四郎はこうしていると、いつも気が休まる思いがしていた。

目を閉じて自分の手を握る十四郎の想いを酌むように、お千代も強く十四郎の温かな手を握り返した。

二

十四郎とお千代が、軒猿の里で想いを通わせていた同時刻、十左衛門は、春日山城内にある小さな毘沙門堂の前にいた。謙信の護衛である。

毘沙門堂は、城の立つ春日山のほぼ山頂、本丸の峰続きの北端にあり、周囲には、わずかな木々しかない寂しい場所にあった。

謙信は、戦の前や思い悩むことがあった時には、必ずこの堂に籠もり、護摩を焚いて、ただひたすら堂内に祀られている毘沙門天像に向かって祈りを捧げた。それは、数時間で済むようなものではなく、幾日も行われることが常であった。

謙信が毘沙門堂に籠もる際は、余人を寄せ付けなかったが、十左衛門だけは、側近くにいることを唯一許されていた。今宵は、その謙信が堂に籠もって三日目の夜であった。

夕刻までは、謙信が経を読む声が聞こえてきたが、今は、堂の中には誰もいないかのように静まりかえり、その一帯には、ただ山頂を吹き抜ける風の音のみが広がり、白銀の月明かりは、暗闇の中に堂と十左衛門の影だけを浮かび上がらせていた。

謙信が堂に入っている間、十左衛門は、片時もそこから離れることはない。片膝を突いて座し、手裏剣を握った右手は懐に入れている。動かすのは、定期的に組み替える足だけである。

この体勢こそ、いつでも敵に襲われた際に対応できるもので、右手を懐に入れているのは、手先を温めて正確に手裏剣が打てるようにしているからであり、足の組み替えも、血流の鈍りと筋肉の硬直を防ぐためである。

ただ、この体勢でいるのは、十左衛門にとって昔から変わらぬものであったが、飛影から信玄を襲った刺客の話を聞いて以来、十左衛門は謙信を護衛する際、背に刀を背負うようになった。

信長という男の得体の知れぬ不気味さについて、越後の諸将らが口にすることはほとんどないが、その内心では、多くのものがそれを敏感に感じ取っていた。これは、軒猿や十左衛門も同様あり、いつ何時、信長が刺客を放って謙信の命を狙って来るか分からぬという警戒感を募らせていた。

いくら十左衛門といえども、飛影が言うような刺客と合間見えることになれば、そう容易く倒せるものではない。倒すには、それ相当の武装も必要となる。

年をとったことによる動きの鈍りを補うという意味もなくはないが、飛影から〝甲賀七鬼〟の名を出されたことによる気の高ぶりが、武装の強化という形となって現れているというのが、最もあてはまる理由であった。

「十左」

静けさの中、堂の中から低い声がした。

「はい、これに」

十左衛門が答えると、堂の扉が開き、中から黒頭巾をかぶり、薄墨の法衣に金襴の袈裟を付けた謙信が姿を見せた。

日常において、酒は謙信にとって欠かすことのないものである。よって、謙信は常に酒気を帯びた状態であるが、毘沙門堂に籠もって一心不乱に護摩を焚いた後の謙信は、その身からすっかり酒気が抜け、人を超越した神の如きものへと覚醒したような神々しさを纏《まと》っていた。特に今宵は、その身を白銀の月の光が照らすことで、その神秘性は一層増し、見るもの全てを畏怖させるであろうと思わせる程であった。

「ずっといたのか」

「はい」

「堂に入ってどれ程経つ」

「三日にございます」

「三日か……。お主には、いつも辛い思いをさせるな」

「いえ……」

このように、謙信と言葉を交わす間、十左衛門は座したままで頭も下げたままである。

「今宵は、月明かりが美しいな。ただ……、ちともの悲しさを感じるのぉ」

「……」

「十左、お主がこの越後に来て、もう何年になる」

「夏になれば、まる二十二年になりまする」

「二十二年か……。それ程長く、このわしに仕えてくれたか。心から礼を申すぞ」

「いえ、某は、御実城様に取り立てていただいた身、そのように言われては、もったいなく存じまする」

十左衛門は、下げた頭を、更に深く下げた。謙信は、語りながらも目は月を眺めている。

「十左、出会ったあの日のことを覚えておるか」

「はい、はっきりと」

「そうか、あの日も、このような月の夜であったな……」


それは、この年より二十二年前の弘治二年（一五五六）六月下旬、謙信が長尾景虎と名乗っていた二十七歳の時の出来事である。

当時の謙信は、若年にも拘わらず、戦場で見せる軍事的才能が諸将を驚かせ、その手腕を嘱望される形で家督を継いで、早九年目を迎えていた。

この九年間という歳月は、謙信にとって内は越後統一、外は武田信玄との抗争という内外に大きな問題を抱えていた時期であり、それへの対応のため、戦いに明け暮れた結果、ようやく領国支配を固め、武田の信濃侵攻を抑えるに至っていた。

しかし、このような成果を上げたにも拘わらず、諸将の中には、謙信の調停を受け入れずに土地抗争などを繰り返すものがいたり、武田に内通して裏切るものが出てきたりしたため、若い謙信の心は、すっかり挫折感と虚無感に苛まれ、その結果、突如隠遁することを謙信は宣言し、人知れず一人越後を出奔して、僧となるために高野山へと向かうという行動を起した。

こうして、謙信が春日山城を発って半月後のことである。その姿は、越後の国境を越えた越中にあった。

謙信は、大きな街道沿いに西へ西へと歩を進めていたが、日が暮れると、宿場に泊まらず、山中で野宿していた。そしてこの日も、街道から山に踏み入った山中に、誰も住まぬ崩れかけの古寺を見つけ、その中の小さな堂の中で経を読んで一夜を過ごしていた。

辺りには、全く人気はなく、獣が鳴く声が聞こえてくるのみである。そのような中、修行僧姿で目を閉じ、ひたすら経を読む謙信には、〝越後の龍〟と恐れられた猛将の影など皆無であり、ただ若い僧が、闇の中の神仏と向き合っているというようにしか見えなかった。

その謙信が座す堂に向かって、息を荒立てて来る一人の男がいた。その男は、力任せに今にも壊れそうな堂の扉を開け、中に勢いよく倒れ込んで来た。

「くっ、先約がいたか……。おいお前、言うことを聞けば命は取らねえ。経を読むのを止めて、その扉を閉めろ！」

男は、床にうずくまったまま、謙信に言った、しかし謙信は、何事もないように小声でぶつぶつと経を読み続けた。

「おい、聞こえねえのか！」

そういうと男は、懐から何かを出した。謙信は、少し目を開けて男を見ると、暗闇ではあったが、手に持ったものが少し光を放ったことから、それが刃物であることを察した。

「怪我をしているのか」

謙信は、経を読むのを止め、男に語り掛けた。よくは見えないが、その男の着物は、いたるところに血が滲んでおり、その傷の全てが、浅いものではないことが分かった。

「うるさい、言われたようにしろ！　早く扉を閉めるんだ……」

男は、焦っているように見えた。謙信は、スーッと立ち上がると扉に近づき、丁寧に扉を閉めた。そして再び体を返して男を見ようとした。

〝いない……〟

さっきまで、床にうずくまっていた男の姿は、そこにはなかった。

〝どこに消えた？　ここはどこにも隠れる所など無いぞ……〟

不思議な感覚に襲われている謙信に、どこからか男が語り掛けてきた。

「いいか、この後、わしを追って幾人かの男達がここに来たら、わしはしばらく休んだ後に、そのままどこかえ立ち去ったと言え。もし、ばらしたら、お前の命は無いぞ」

屋根裏か、それとも仏像が安置されている壇の後ろか……。どこにいるかは分からぬが、この狭い空間のどこかにあの男はいて、ただ声のみ発して謙信を操ろうとした。

だが、謙信にまやかしなどは一切通用しない。また、この手の脅しに屈することもない。謙信はただ冷静に男の言葉を受け止め、そのまま先程と同じように床に座し、再び経を読み始めた。

〝何て奴だ。この状況が分かっているのか……〟

男は姿を隠し、痛みに耐えながら、経を読む修行僧を不思議な気持ちで見ていた。

そうしているとすぐ、寺の外が騒がしくなった。

走って近づいて来た複数の足音は、堂の前でピタリと止まると、松明で堂周辺を照らし始めた。

足音の主は六人、全員が野良着姿で、ただの百姓にしか見えなかったが、身のこなしと腰に挿した小太刀からして、それが忍びであることは容易に分かるもの達であった。

この闇から現れた一党は、言葉を発せず、頭《かしら》らしきものが出す合図にのみ従って動いた。

そうして素早く一人が堂の裏、二人は両側面、そして残りの三人が正面を押さえた。

〝お頭、あれを〟

正面にいる男の一人が、堂に上がる階段に残る血のりを、目で隣に立つ頭に知らせた。そうすると頭は頷き、堂に向かって声を張り上げた。

「十左衛門、もう逃げられぬぞ、おとなしく出て来い！　いくら隠れても、血の臭いは消せぬぞ！」

血だらけで堂に入って来た男こそ、若き日の十左衛門であった。

堂の中からは、頭を無視するが如く、微かに経を読む声が聞こえてくるだけで、それ以外の反応は全くなかった。

「観念して、念仏を唱えておるのか……」

そう言うと、表に立つその三人が、扉を蹴破って一斉に堂の中に踏み込んだ。

〝違う！　十左衛門ではない……〟

男達は、堂の中に座す謙信を見ると動きを止めた。

「どのようなものかは知らぬが、神仏のおわす御堂に、このようにして踏み込むなどは、感心できぬ所業じゃな」

謙信は、経を読むのを止め、男達に言った。

「修行僧か……。ここに、体中に傷を負った奴が来たはずじゃ。お主、知っていよう」

男の一人が言った。

「傷を負ったもの？　はて、わしは夕刻からここにおるが、そのようなものは知らぬな」

謙信は、そっけなく答えた。

「嘘をつけ！　表にまだ新しい血の痕があったぞ。嘘をつけば、身のためにならぬぞ！」

そう言うと、男は小太刀を抜いて構えた。

「……。神仏の前ではあるが、致し方ない……」

謙信は、ポツリと発すると、横に置いた杖を素早く掴み、小太刀をもった手前の男の腹に一撃を加えた。

そうすると、虚を突かれたその男は、そのまま謙信の横に咽ながら倒れ込んだ。

〝ちぃ、このバカ坊主、何をしやがる……〟

その様子を見ていた十左衛門は、舌打ちしながら苛立った。

「こいつ……」

次の瞬間、頭の横にいたもう一人の男が、謙信に斬り掛かった。しかし謙信は、狭い中でもその攻撃を素早くかわし、一言呟いた「南無三……」

「うわぁぁぁ……」

攻撃をかわされた男が、胸から血飛沫を上げながら苦痛の叫びをあげた。その声を聞きつけ、外にいた三人が、屋根と側面にある戸板を突き破って堂の中に飛び込み、謙信を取り囲んだ。

〝仕込み刀！ ……〟

一党の頭は、謙信の持つ杖から白銀の閃光が現れ、一瞬で手下の胸が斬り抜かれるのを見た。

「わしは、高野山をめざして旅を続けているただの僧じゃ。わしの命を狙うのであれば闘わねばならぬが、そうはしたくない、このまま黙ってここを立ち去れ」

〝何だこいつは……闘い慣れておる……〟

謙信の動きを見た頭の男は、謙信を睨んで対峙した。

「貴様などわしが！」

屋根より飛び込んで来た一人が、背後から小太刀を抜いて謙信に斬り掛かった。

「よせ！」

頭の男が、制止しようと声を上げた。

「分からん奴め……」

謙信は、そう口走ると、襲い掛かって来る男を、身を翻しながら一刀のもとに斬り倒した。

〝こいつ、面白い〟

十左衛門は、狭い堂の中で、自在に刀を操る謙信の動きに目を見張った。

「こしゃくな！」

腹を打たれて悶えていたものも含め、残った四人の男達は、後方に飛んで堂の扉から一端外に出ると、中にいる謙信に向かって棒手裏剣を続けざまに打った。

謙信は、一端扉を閉め、それらを全て避けた。そして、再び扉を開けると同時に外に飛び出し、着地すると低い姿勢のまま素早く男達の懐に入って続けざまに二人を斬り捨てた。

残る男どもは、頭の男と腹部に一撃を与えた男の二人である。

「我ら伊賀者を、瞬く間に斬り倒すとは、貴様も甲賀者か！」

頭の男が声を荒げた。

辺りは、男どもが地面に投げ捨てた松明で、明るく照らされている。

〝伊賀者……。やはりこ奴らは忍びか〟

謙信は驚くこともなく、右手にもった仕込み刀を握り直した。

「そいつは、甲賀者ではないぞ！」

対峙する三人に対して、堂の中から声が掛かった。三人は、それに呼応するように、即座に堂の方を見ると、ゆっくりと十左衛門が中から出て来た。少しは止血したようだが、その体からはまだ、鮮血が滴り落ちている。

「十左衛門、やっと見つけたぞ。ここで息の根を止めてくれる！」

頭の男の目が、みるみる内に充血し始め、鋭く十左衛門を睨んだ。

「そう睨むなよ。わしは、見ての通りボロボロじゃ。おとなしくするゆえ、その男は、見逃してやってくれ」

そう言うと十左衛門は、右手に持った小太刀と懐から取り出した棒手裏剣数本を地面に捨て、その場に座り込んだ。

「ふざけたことを言うな。貴様、我ら伊賀のものにしたことを忘れたか。それにこ奴も貴様同様、同朋の命を奪った。生かしてはおかぬ！」

「ふっ。何が同朋だ。貴様ら伊賀者が、いつから仲間を労わり合うようになったんだ。伊賀は力が全てだろ。戦場で死ねば、そいつが弱かったって片付ける。それが伊賀だ。都合のいいこと言ってるんじゃねえぞ！　それに、こいつに先に手を出したのはお前らだ。こいつを恨むのはお門違いだ！」

謙信は、刀を構えたまま、睨みあう十左衛門と伊賀者を黙って見ていた。そうして、十左衛門からしたたり落ちる鮮血に目をやった。

「おい、お主。あの狭い堂のどこに身を隠していた」

謙信が、十左衛門に問い掛けた。そうすると十左衛門は、〝エッ？〟という表情で謙信に顔を向けた。そして、何の抵抗もなく素直に答えた。

「ふっ。知りたいかい。それは、あんたの目の前だよ。目の前の仏像の間に居たのさ。くたばりかけてはいるが、わしの穏業術《おんぎょうじゅつ》も、まだいけるな……」

〝！　目の前にいた？　……〟

謙信は、俄《にわか》にその言葉を信じられなかった。それに対し、答えた十左衛門の表情は、堂に飛び込んで来た時の鬼気迫るようなところは、全くなくなっていた。

「人は、探しているものが目の前にあっても、見つけることができねえことがあるだろう。それは、そいつが勝手に〝そこには無いに決まっている〟と思い込んでいるからだ。お前も同じよ。目の前に居るはずはないと勝手に思っていたゆえ、わしに気づくことができなかったのだ。ふっ。わしが隠れたのではない。お前が勝手に、わしの姿をその目から隠したのさ」

人の深層心理にまでつけ込み、それを巧みに利用するのが忍術の極意の一つである。穏業術は、その最たるものと言ってもよい。

だが、謙信にサラッと種明かしをした十左衛門だが、この男の隠業術は、他の忍びが使うそれとは、一段も二段も高度なもので、気配を全て消し去る一流の技量を修得している霧風流甲賀忍びである十左衛門だからこそできる神域にまで達している術であった。

「貴様、ぐだぐだ喋っているんじゃねえぞ。観念したなら、遠慮なくその命をいただく」

最後の一人となった手下が、怒鳴りながら棒手裏剣を構えた。

「気をつけよ！　いくら手負いといっても、こ奴は甲賀七鬼の一人、油断はならぬぞ！」

今にも棒手裏剣を打とうとする手下に、頭が激を飛ばした。それを聞くや、手下の手から、棒手裏剣が十左衛門めがけて放たれた。

十左衛門に、もう逃げようという意思はない。ただ、最期は潔くありたいとだけ考えていた。こう思わせたのは、自らが死した後も、この修行僧は生き残り、人知れず自らを葬ってくれるであろうということを何となく感じたからかもしれない。

〝これまでじゃ。師父よ、あいつを頼む……〟

十左衛門が覚悟を決め、目を閉じて死を受け入れた時、すぐ側で疾風が走った。そして、高い二つの金属音と、ドスッという鈍い音、そして更に、手裏剣を打ったであろう男の苦しむ声が聞こえた。

〝何だ？〟

十左衛門が目を開けると、すぐ目の前には、あの修行僧の背があり、その三丈（約九メートル）向こうには、手裏剣を打ったはずの男が、胸に仕込み刀を突き立てた姿で絶命していた。

「お前、わしを助けたのか……」

十左衛門は、驚きの顔で謙信に問い掛けた。

「ああ、何故か、お主をここで死なせてはならぬと感じてな」

謙信は、振り向くことなく答えた。

「どうしてじゃ。お前にわしを助ける義理などないはずじゃ」

「どうして？　ふっ、どうしてかの……。あえて言うなら、死にかけているものを見過ごすなど、わしの義に反する行為じゃ。そして不思議なことに、お主を救えと毘沙門天のお声がしたように感じたのじゃ」

「毘沙門天？　……」

十左衛門は、謙信の答えに言葉を失った。

「貴様、よくもー！」

一人となった一党の頭が、怒りの形相で謙信と十左衛門に向かって来た。

〝まずい〟

瞬時に十左衛門は危険を感じ取り、再び消したはずの闘争心に火を付けた。

〝！　どうした？〟

十左衛門は、襲って来る敵を迎え撃とうとしたが、目の前にいる謙信は、膝を突いたまま動かなかった。

「……」

「お前、やられたのか！」

謙信は、十左衛門を救う際、その前に立ちはだかって、飛んで来る手裏剣を二つまで仕込み刀で打ち落とした。しかし、最後の一つを払えず、咄嗟にその身を楯にして受け止めた。そしてそのまま、持っていた仕込み刀を敵に向かって投げ、その胸を貫いていた。

「わしは、毘沙門天が守ってくれておるゆえ、戦場では傷など負わなかったが、こうしてやられると、痛むものだな……」

謙信の右胸上部には、手裏剣が深く突き刺さり、その周りは、赤い血に染まっていた。

「くそ！」

十左衛門は、そう口にすると、痛みに耐える謙信を左手で横に払い、目の前まで来た敵を見上げた。

「十左衛門、最期だ――！」

一党の頭が、上段に構えた太刀を振り下ろす瞬間、十左衛門は、裂帛《れっぱく》の気合とともに、右の掌を敵の胸に目掛けて打ち込んだ。

「キエエエエエエエエエエー！」

十左衛門が発した怪鳥音の直後、バキバキバキバキバキィィィという骨が砕ける音が響き、敵の頭は、胸に剣を突き立てて死んだ手下のところまで飛ばされた。そしてその男は、白目を剝《む》いて絶命した。

〝なっ、何をした！〟

謙信は、痛みに顔を引きつらせながら、目の前で起きたことに驚愕した。

「お主、今のは一体……？」

答えを求めた謙信の前には、地面に倒れ、動けない状態の十左衛門の姿があった。

「へへへ、残ってた最後の力全て打ち込んでやった。最期に最高の秘奥義を打てたんだ。忍びの散り方としては、上出来だ……」

「おい、お主、死ぬでない。死ぬでないぞ！」

をした。

謙信は、自らも痛みに耐えながら十左衛門を堂の中に運び、できうるだけの手当

そうして、夜が明ける頃、古寺の周辺が騒がしくなった。

「御実城様ー」

その声は、謙信を越後に引き戻そうと、春日山城から来たもの達の声であった。

どうやら、真兵衛率いる軒猿が動いて謙信の足取りを摑み、この辺り一帯にいることを睨《にら》んでの捜索行動であった。

その内、軒猿の一人が、寺の境内からする血の臭いと六つの屍に気づき、そのまま謙信が寺の堂内にいることを確認した。その報告を、謙信を引き戻すのに選ばれた長尾政景をはじめとする三人の諸将が受けると、謙信と対面するため、すぐさま寺に入った。

「御実城様、お探ししましたぞ。お怪我をされておるようですが、ここで一体何があったのです。外で息絶えておるものどもにでも襲われたのですか。それと、そこに横たわる男は何者です」

政景が心配そうに問うた。この長尾政景こそ、永禄七年（一五六四）に野尻湖で暗殺される人物である。

「何しに来た。まさか、わしを城に連れ戻そうと言うのではあるまいな」

「御実城様、城では御実城様が出奔《しゅっぽん》されて、大騒ぎになっておりまする。どうしてこのようなことをされたのです。どうか、我々の願いをお聞き届けいただき、城に戻っていただけませぬか」

政景の顔には、謙信を探し回った疲れが滲《にじ》み出ていた。

「お主らは、何故わしが城を出たのか分からぬのか……。では、言おう。わしは、国主の座に就いてこの九年、越後の統一と武田からの侵略行為阻止のために死力を尽くして働いてきた。そうしてようやく国内は治まり、武田も容易に信濃に進出できないようにした。こうしてわしが、越後・信濃の民の安寧のために戦っておるのに対し、お主達はどうであったか！　自分達の領地のことばかり気にしおって、挙句の果てには信玄に寝返るものが出る始末。わしは、このような己の利しか考えぬようなものどもの棟梁を務める気などさらさらない。わしは、私利私欲で血塗られた武士の身分など捨て去り、高野山で僧となって、ひたすら仏に仕えて一生を送るつもりだ。分かったら、早々にここから立ち去れ！」

謙信の気魄に、政景らは身を縮ませた。しかし、政景らにも、謙信に越後へ戻ってもらわなければならない事情があった。

「御実城様のお気持ち、十分承知致しました。しかし、我らもこのまま御実城様を高野山に行かせるわけには参りませぬ。越後は、統一がなされたとはいっても、それは、御実城様あってのこと、もしここで、御実城様が越後から出られれば、すぐにまとまりがなくなり、再び国内は千千に乱れましょう。そして、お耳に入れるのは、誠に心苦しい限りではありますが……」

政景の顔が、暗く曇った。

「いかがした」

謙信が、更に厳しい表情に変わった。

「大熊朝秀《ともひで》が、信玄と通じて出奔致しました……」

「何ぃ！」

大熊氏は、譜代の家臣であり、その大熊氏が代々務める公銭方《こうせんかた》は、段銭《たんせん》（税金）を扱う国家経営には欠かせぬ部署であった。よって、大熊氏は古くから国政に関与している家柄で、特に朝秀は、謙信が国主になった初期からの、直江景綱・本庄実乃《ほんじょうさねより》とならぶ三老臣の一人であった。

その朝秀が越後を去り、こともあろうに武田に寝返ることは、越後にとって大打撃であり、謙信個人にとっても認めたくない事実であった。

「何故じゃ、何故朝秀は、信玄などに寝返った！」

謙信は、胸の傷の痛みも忘れ、政景に詰め寄った。

「そっ、それは……。折からの土地問題の拗《こじ》れと、それを原因とする此度の御実城様の出奔の責めを負う形となり、大熊は厳しい状況に追い込まれました。そこに信玄が誘いを入れたことで、このような仕儀《しぎ》と相成りました……。誠に無念でござりまする……」

　謙信は、それを聞いて肩を落とした。

「何たることじゃ……。あの朝秀までもが裏切るとは……」

「御実城様、一刻の猶予もございませぬ。こうして御実城様がいない間に、いつ武田や北条が襲って来てもおかしくはござりませぬ。どうかここは帰国していただき、再び越後の民のために、お力を尽くしてしていただけませぬか！」

　政景は、必死になって謙信を説き伏せようとした。

「……じゃが、わしはもうたくさんなのだ。もう、あのような謀略渦巻く修羅の如き日々から逃れたいのじゃ……」

　謙信は、困惑した。

「御実城様、何と弱気な！　このままでは、御実城様は内外の問題だけでなく、弓矢からも逃れた臆病者よと世の嘲《あざけ》りを受けましょう。また、越後や信濃の民が、武田や北条の手に掛かって苦しむのを救おうとお考えにならぬのであれば、それは神仏の教えに背くことではござらぬか。これが、御実城様が日頃言われていた義でございますか。御実城様の義とは、どのようなことでございますか！」

政景は、謙信に決死の覚悟で訴え掛けた。

「……。致し方ない……。急ぎ越後へ帰ろう……」

謙信は、俯いたまま、政景に言った。そうして、ゆっくりと顔を上げた。

「しかし、帰国する前に、皆に申し渡したいことがある。わしは、これからも依怙《えこ》(私欲)によって弓箭《きゅうせん》は取らぬ。わしの戦は、あくまでも、この世に秩序を回復するため、そして人助けのための戦じゃ。わしに従う以上、このことだけは理解し、従ってもらわねばならぬ。それでよいな」

謙信は、迎えに来たものら全てに目を向けた。

「承知してござりまする。我ら家臣一同、御実城様の御心に応えるべく、これから忠勤を励みまする。そのことを、誓詞をもって誓いまする」

政景は、謙信が帰国を決めたことにようやく安堵し、心から誓いの言葉を述べた。

「わ、わしも越後に連れて行ってくれぬか……」

気を失って横になっていたと思われた十左衛門が、か細い声で謙信達に訴えた。

「お主、気がついたか」

謙信が、十左衛門に声を掛けた。

「ああ、まだ何とか生きておる……。それよりあんた、越後国主の長尾景虎様だったのか……」

十左衛門は、薄らいでいく意識の中で、謙信と政景との会話を聞き取っていた。そしてその中で、謙信が語る言葉に、ただ魅了されていた。

〝こんな修羅の時代に、世のため人のために戦う武将がいるのか……。これが、越後の龍と畏怖され、日の本中の武将達から、恐れられている男の真なる姿なのか……〟

「御実城様、こ奴は一体、何者でござるか」

政景が、改めて尋ね直した。

「このものか、このものは、わしが危ないところを、命がけで救ってくれた男じゃ」

「そうでありましたか。ですが、このような素性も知れぬものを、国内に入れるわけにはいきませぬ」

政景は、不信な顔で十左衛門を見た。

「景虎様……。あんた、戦場でも負わない傷を負ってまで、わしのような忍びふぜいを助けてくれた。こんなことは、あり得ねえことだ……。今度は、わしにあんたを守らせてくれ……。絶対に後悔させねぇ。このわしが、二度とあんたに傷など負わせねえから……、後生だ、わしを越後に連れて行ってくれ……」

十左衛門は、体を動かせない状態ではあったが、その分を、意思の宿った強い目で、謙信に訴えた。

「無論、そのつもりだ。だから、越後までくたばるでないぞ」

謙信は微笑み、頷きながら十左衛門に答えた。

「御実城様、よいのでございますか」

政景が尋ねるやいなや、謙信がその言葉を遮《さえぎ》った。

「わしが越後に帰る条件に、この男を連れて帰ることを入れたいが、皆に異論はあるか！」

そこにいるもの全てが、その謙信の言葉に頭を下げて従った。


「懐かしいな……」

毘沙門堂の前に立つ謙信は、目を細めながら月を眺めて、しみじみと言った。

「あの時の誓いにより、わしはあれから一度も戦場で手傷を負わなんだ。ほんに、お主のおかげだな……」

「……滅相もございませぬ。あの時、死を覚悟した某に、もう一度生きる希望と戦う力を取り戻させてくださったのは、御実城様にございます。御実城様からいただいた御恩には、これからも一生を掛けて報いたいと存じまする」

十左衛門のその言葉に、謙信は俯き目を伏せたが、口元には嬉しさで笑みがあった。

「十左よ、此度わしが堂に籠もったのは、戦勝祈願ではないことを、お主は分かっておろう」

「はい……」

「では、何故じゃと思っておる」

「……」

「ふっ、分かっておっても答えぬか……。のう、十左よ。お主は、いかが致せばよいと思う……。わしは、ひたすら毘沙門天に問うてみたが、答えてはいただけなかった……。おそらく、苦しみをもって己で決めよということであろうな……」

「……」

十左衛門は、謙信の言葉に、ただ沈黙するしかなかった。なぜなら、今正に、謙信が思い悩んでいることが、世継ぎ問題だったからである。

先の手取川の合戦を終えてから、謙信は体調に異常が見られるようになり、諸将達も心配するようになっていた。先日も、少量ではあるが吐血し、このことを唯一知る十左衛門は、あまりのことから此度の出陣を伸ばすよう謙信に懇願した。しかし、自らの体調の異常を他国、特に信長に知られることを避けるために、出陣は予定通り行うと謙信は決め、十左衛門は、ただそれに従う以外にない状態であった。

しかし、自らの体に異常が出始めてから、謙信は余命が永くないことを悟り、自らが他界した後、越後を誰に託すべきか、ただ一人苦しんでいた。

「皆は、景勝が跡を継ぐと思うておろうな……」

謙信は、独り言のように呟いた。

景勝とは、長尾政景が亡くなった後、謙信が養子として迎えた喜平次顕景のことであり、天正三年（一五七五）に、越後上杉家の名跡を継ぎ、上杉名字を許されて、「弾《だん》正少弼《じょうしょうひつ》景勝」と名を改めていた。屋敷も、春日山城の二の曲輪《くるわ》に与えられ、謙信の御実城様に対して〝御中城様《ごちゅうじょうさま》〟と敬称されていた。

「しかし……」

自らが、口を挟むべきことではないと思いながらも、十左衛門が口を開いた。

「御実城様もご存知の通り、諸将の中には、景虎様を推すものがおりまする……」

謙信は、一つため息をついた。

「景虎……。あのものは聡明であり、諸将の心を摑む技量をもっておる。それゆえ以前わしは、わしの代理として書状を出すことを任せたこともあった。また、元は人質であるゆえ軍役をも課さなんだ。それが皆の誤解を生み、景虎こそ軍役を課す立場……。つまり、わしの跡目という考えに至らせてしまったようじゃ……」

十左衛門は、ただ黙って聞いている。

「これも、わしの不徳の致すところじゃ……。わしは、その当時、何も決めておらなんだのにな……。じゃが、信長との決戦が近い今、越後の行く末について、決めておかねばならぬ。いつわしが倒れても、この越後がゆるがぬように！」

「……お心は、定まったのでござりますか？」

十左衛門が、頭を上げて謙信を見て言った。

「うむ、わしは、越後国主の座を景勝、関東管領職を景虎に、それぞれ分割相続させようと思う」

「分割相続……」

十左衛門は、全く予想していなかった謙信の言葉に、一瞬息が止まった。

「そうじゃ、分割相続じゃ。今の越後は、関東の北条、京の信長という二つの巨大な敵を抱えておる。それを片や関東管領として関東の秩序回復のために戦い、そのもう片方では、足利幕府再興のために上洛を目指すという状態じゃ。わしは、この過酷な現状を、二人の棟梁を立てることで打開できないかと考えた」

「……」

十左衛門は、複雑な表情をした。

「まだ、わし自身迷いがなくはないが、そういう思いに至ったのは、景勝のことが不憫《ふびん》でな……」

「御中城様ですか……」

「ああ、あのものは幼き折、わしの不手際で父を失うことになってしまった。それ以来、有望であるにも拘わらず表情を殺し、寡黙な性格になってしもうた。それを、諸将どもは心配がるところがある……。そんな景勝に、わしが背負ってきた苦しみを、全て背負わせるには、あまりに不憫でならぬ。特に、これから決着をつけねばならぬ信長は、我が方有利と言えど、死を賭して掛からねばならぬ相手。関東にまで神経を尖らせながら決戦に臨ませるには、酷と言うものであろう……」

謙信の言葉には、国主ではない、誠の親心が滲み出ていた。

「そんな景勝を少しでも救うてやるには、関東の仕置きを景虎に任せることが得策ではないかとわしは思う。景虎は、聡明ではあるが、北条の出ということで、家督を継がせることに難色を示すものが多い。しかし、北条の出であるからこそ、北条とも和を取り成しやすいのも事実。関東の諸大名も、景虎が関東管領ならば、景勝よりも付き従いやすいにちがいない」

謙信が語った考えは、正に景勝・景虎双方の才を生かす妙案であった。しかし、一つの国に、棟梁が二人という形は、あまり例がなく、かえって諸将の反発や分裂を招く恐れのある歪《いびつ》なものであった。だからこそ、これを現実のものとして確立するには、謙信が二人の後見となって、存命中に諸将が分裂しない体制を作り上げることが絶対であった。

――ことは、急を要している――

「十左、明日わしは、兼続を館に呼ぶ」

そう言うと謙信は、目の前に控える十左衛門をまじまじと見た。

十左衛門の髪や無精ひげのあちこちに、白いものが月明かりに照らされて、わずかに輝いていた。

「お互い年をとったな」

謙信が、静かな口調で言った。

第六章　謙信暗殺

一

天正六年（一五七八）三月九日申の刻（午後三時）、北国もようやく春めいて、謙信の居間に面した中庭にある桜も、見事に咲きほこっていた。

その姿は、謙信をはじめ、長く寒さで凍てついていた城内のもの達の心を明るくさせ、生きとし生けるもの全てが待ちわびた季節が、ようやく来たことを表していた。

そんな、春の陽が射す廊下を、謙信の居間に向かって歩く一人の若武者がいた。

その若武者、色が白く六尺余（約一八〇センチ）の長身で、眉目秀麗と謳われる上杉景虎に優るとも劣らない美少年であり、体全体に優雅さをかもし出していた。

この若武者の名は、樋口与六兼続と言う。

この若武者こそ、これより十年程先に訪れる豊臣政権下では、その容姿はもとより、武道・学問に優れ、漢詩にも造詣が深い一流の文化人として認められるようになり、天下人豊臣秀吉に至っては、「天下執柄《しっぺい》の器量人なり」と褒めちぎって、陪臣であるにも拘わらず三十万石ばかりか、上奏して山城守にまで任じ、それに止まらずに、数人しか与えられてない豊臣姓まで許すという、正に破格の待遇を受けることになる人物、すなわち、名宰相として名を馳せた直江兼続となる人物であった。

後々、このような天下の大人物となるこの兼続であるが、その出自は永禄三年（一五六〇）、坂戸城主長尾政景の家来、樋口惣右衛門兼豊《かねとよ》の長男として坂戸城下に生まれた。

父の兼豊は身分が低く、城の奥向きの薪炭用人であったが、兼続が幼少の折、その父に従って城内で遊んでいると、その利発さが政景の妻で謙信の実姉であるお綾の方（仙桃院）の目に止まり、喜平次（景勝）の近習に取り立てられた。

「仙桃院は、兼続の美貌にその乳房をうずかせている」という噂が、しきりに城下に立つ程、兼続の水もしたたる美少年ぶりと、その利発さに、仙桃院はすっかり惚れ込んだ。

景勝が仙桃院と共に春日山城に引き取られた際には、兼続も共に随行し、そこでも謙信にその才を見抜かれ、景勝と共に、謙信からさまざまな薫陶を受けた。

その謙信の寵愛ぶりと、その出世の早さから、上杉家中から「樋口与六兼続は、御実城様の稚児ではないか」と噂される程、幼き頃から、その才は群を抜くものであった。

十左衛門も、謙信の薫陶を受ける兼続の姿を見ながら、我が子十四郎とほぼ同年でありながら、既に謙信の側近達以上のその才に、一目置いていた。

その兼続が、謙信の居間に近づくと、優雅な琵琶の調が聞こえてきた。

〝御実城様、今日はご機嫌がよろしいようだな〟

謙信は、武人ではあるが、詩歌に通じ、琵琶の名手でもある。普段は、『平家物語』を愛用の琵琶『朝嵐《あさかぜ》』で弾き語るのを好んだが、この日の調は、平家物語特有の無常感が漂うものではなく、どこか心地よさが伝わってくるものであった。

廊下の角を曲がると、居間から縁側に出て、琵琶を片手にした謙信が見えた。側には、これもまた愛用の『春日杯《かすがはい》』なる大杯が置かれ、肴は、いつもと変わらず、平皿に梅干が数個あるだけであった。

〝御実城様、大丈夫なのか……〟

兼続は、近頃謙信の体調が優れぬことを聞いていたので、酒の害をとっさに感じた。

「おお、やっと来たか。待ちかねたぞ。遅いゆえ、もうだいぶ飲んでしもうたぞ」

謙信は、兼続の姿を見るなり琵琶を弾くのを止めて声を掛けた。

「よい日和でございますな」

兼続は、一つ会釈をすると、すぐ側に座した。

「楓、酒が足らぬ。兼続が来たゆえ、代わりをもって参れ」

楓は、十四郎が手を離れてから、前年没した直江景綱の未亡人妙椿尼《みょうちんに》が取り仕切る奥に入り、謙信の側近くで護衛を兼ねながら、その世話をしていた。

年は既に三十八となり、すっかり大人の女になっており、女盛りを思わせるような艶っぽさが、その肉体《からだ》から漂っていた。

十左衛門も、庭先に身を隠して謙信を守っているが、時折そこから楓しか分からぬように姿を表して二人は目を合わせ、警備に異常がないことを確認し合っていた。しかし、その行為には、ただの警備上の合図以外に、信頼関係を超えた感情があることに、十左衛門は気づいていなかった。それは、十左衛門の謙信を守るという使命感とともに、十四郎を世話してくれた楓と、男女の関係には成り得るはずはないという思い込みが、自分の気持ちを鈍感にさせていたからかもしれない。ただ、楓だけは、自分が十左衛門を慕う気持ちに、うっすらと気づいていた。

ちなみに、この日、謙信を護衛していたのは、居間の奥や天井に甚助率いる軒猿が四名、屋敷の周囲に番兵が十数名であった。日頃はもっと多いのだが、この数日は、家中全体が戦支度もあって、通常より少なめの配置となっていた。

「御実城様、御加減が悪いと聞いておりますが、大丈夫にございますか。昨日は手が動かず、字も書けなかったとか……。御酒は控えられた方がよろしいのでは……」

兼続の美しいその顔には、謙信を気遣う気持ちが表れていた。

「ふっ、皆大げさに言っておるようじゃが、心配される程のことはない。それより、まずは飲め」

謙信は、兼続に杯を取らせ、銚子を持ってゆっくりと酒を注いだ。すると兼続は、

「いただきまする」と答えた後、小さく会釈をして、それを飲み干した。

「御実城様、本日は、どのような御要件で某を御召しになったのでございましょう」

今まで兼続は、謙信と対面する時、常に景勝と一緒であったが、この日は初めて、単独で来るよう仰せつかっていたので、いささか疑問が先に立っていた。

「時に兼続よ、そちは信長をどう見る」

兼続は、一瞬〝エッ?〟というような顔をしたが、飲み干した杯を置くと、いつもの涼しげで爽やかな顔で答えた。

「信長でございますか。まず、他の武将とは明らかに違う異質さを感じまする……。聞けば、信長は元亀四年（一五七三）に、『天台座主《てんだいざす》沙門《しゅもん》』（天台宗の出家者）を名乗って、延暦寺を焼き討ちしたことを非難する手紙を送った信玄公に対し、己のことを仏教世界で最強最大の邪神である『第六天魔王』と称した書を、送り返したとのことにございまする。また、天正二年（一五七四）の元旦に行った酒宴では、その前年

に打ち滅ぼした浅井久政・長政親子と朝倉義景の髑髏《どくろ》を箔濃《はくだみ》にして、諸将に披露したとのことにござりまする。これだけ聞いても、信長というものの残虐性は、他と比べても突出しており、凶気すら覚えまする。更に、戦の仕方においても、あの武田の騎馬隊を殲滅するため、数千にも及ぶ鉄砲を準備するなどは、我らには到底思いつかぬことであり、その異端ゆえの発想は、何やら尋常ではない脅威のようなものを感じまする」

謙信は、杯を片手に、兼続の言を黙って聞いていた。そして、庭を見つめて言った。

「異端の発する脅威か……」

その言葉を聞いた兼続は、己が臆していると思われたのではないか、更に、謙信を軽んじるように捉えられたのではないかと、自らが発した言葉に不安を感じた。

「御実城様、つまらぬことを申しました！」

兼続は、即座に頭を下げて謙信に言った。

「『天下布武《てんかふぶ》』……」

謙信は、兼続の言葉など気にも止めない様子で、庭に目をやったまま、一言ポツリと言った。それを兼続は、先程と同じように〝エッ？〟と言うような顔で聞いた。

「天下布武……。すなわち、天下に武威を布くということじゃ。信長は、この言葉を好んで使っているようで、自らの印にも用いているそうな……」

「天下に武威を布く……。武をもって、天下を治めるということですか……」

兼続が、神妙な顔で言った。

「兼続よ、そのような男に、景勝は互角に渡り合っていけるかの……」

兼続は、いきなり主人景勝の名が出たことで、表情にこれまでにない驚きを表した。

「御中城様が、信長と渡り合うとは、御実城様、それはどういうことでございますか」

兼続は、少し身を謙信の方に乗り出した。

「いや、此度思うてみて、わしもそろそろ、わしが退いた後のことを考えねばならぬと思ったのじゃ。今まで戦続きで、己のことなど顧みることもなかったが、気がつけば、わしも今年で四十九《しじゅうく》じゃ。いつ何時、何が起こるか分からぬ」

謙信は、とても落ち着いたそぶりで口にしたが、それを聞いた兼続は、此度自分が謙信に呼ばれたのは、跡目のことであるということを敏感に感じ取り、表情が変わった。

「兼続よ、関東出兵を控えた今、わしは、皆に対し、新たな国の体制を伝えようと思う」

〝！〟

「新たな体制とは、まさか、御実城様が国主の座を退かれるということですか……」

兼続は、明らかに狼狽した。その、兼続の気持ちと呼応するが如く、先程まで晴れ渡っていた空に雲が立ち込め、辺りはにわかに薄暗くなり、ポツポツと雨が降り始めた。

「うむ。そろそろそちら若いものらに、越後を託す時期に来たのではないかと感じてな」

謙信の目は、庭を見つめたままである。

「何をおっしゃいまするる！　御実城様あっての越後でござりまする。北条や織田との戦いを控えた今、御実城様が退かれるなど、決してあってはならないこと。それに、御実城様が国政から退かれては、我ら家臣は、これからどのようにしてよいか……」

「いやいや、すぐに退くなどとは言っておらん。できることなら、全ての政務から退き、念仏三昧の日々を送れたらと願うところではあるが、それは皆が許すまい……。じゃによってわしは、上洛および関東の統治に万全の体制で臨むために、国主も含め、全ての配置換えを行い。わし自身は、この新体制がしっかりと機能していくまで、新たな国主の後見となって補佐していこうと考えておるのだ。わしの後継者が、一人前になれたその時こそ、わしはこの城を出、寺にて余生を送ろうと思う」

謙信は、相当酒が進んでいたが、その目は全く酔っているものではなかった。そのような目で謙信が語る内容に、兼続は、ただ愕然とした。

「御実城様……、後継者とは……」

兼続は、恐る恐る聞いた。

謙信は、兼続の言葉に「うむ」と言って少し頷くと、そのまま腰を上げた。

「いかがなされました……」

兼続は、いきなり立ち上がった謙信に尋ねた。

「少し飲みすぎたようじゃ。ちと厠《かわや》へ行って参る。年のせいか、近頃は近うてな。これよりそちに伝えることは長くなるゆえ、用を足してからゆっくりと申し伝えるゆえ、しばら待っておれ」

「はっ……」

兼続は、困惑した表情で謙信を見上げ、そしてそのまま頭を下げた。

「四十九年《よんじゅうきゅうねん》一睡夢《いっすいのゆめ》　一期栄華《いちごのえいが》一杯酒《いっぱいのさけ》」

謙信は、その場に立ったまま、雨に濡れた桜に目をやり一句読んだ。

「それは……」

兼続は、再び頭を上げて謙信に聞いた。

「いや、何となく浮かんだのだ。我が四十九年の人生、思い返してみると、さまざまなことがあったが、一夜の夢のようであり、この世の栄華も、一杯のうまい酒と同じようなものであった……。よいか兼続、これから、この越後を背負うていくであろうそちと酒を交わすのは実に気分がよい。わしが戻るまで、待っておるのだぞ、分かったな」

謙信は、念を押すように言うと、兼続の顔を見て微笑んだ。

「楓、雨が吹き込むゆえ、膳を居間に移すのじゃ。兼続も中にな」

そう言うと謙信は、しっかりとした足取りで、厠につながる廊下を歩いて行った。

その場に残った兼続は、この後、謙信がどのようなことを言われるのか、気が気でならなかった。

〝わしを呼んだということは、やはり御中城様が後継者ということでよいのか……。いや、そうではないゆえ、皆に伝える前にわしを呼び、上田のもの達の反発を食い止めるための相談をされるやもしれぬ……〟

兼続は、目の前に残された謙信の杯をじっと見つめて、さまざまな考えを巡らした。

十左衛門は、謙信が厠へ向かうと、それに従って音一つ立てることなく庭の中を突っ切って付いて行き、謙信が厠へ入ると、出て来るまで、再び庭の中に身を潜めて待った。

〝何か変だ〟

十左衛門は、この二十年あまり、こうしてこの庭の中に潜んで謙信を護衛してきたが、この時初めて、これまで感じたことのない感覚に襲われた。

〝何だ？　何だこの違和感は？〟

十左衛門は、言いようのない不安に包まれた。

〝まずい！　御実城様が危ない〟

雨は、少し激しさを増してはいたが、それでもわずかに摑《つか》める異常な臭いがするわけでも、物音がするわけでもない。だが、十左衛門は直感的にそう思った。急ぎ厠に近づこうとした時、中から謙信が出てきて、厠の前に置かれている水桶から酌で水を掬《すく》い、手を軽く濯《すす》ぎ始めた。

その謙信の姿が、十左衛門の足を止めた。

その時、十左衛門の潜む位置から離れた築山から、雨を切り裂いて黒い影が飛び出し、謙信に向かって突っ込んで行った。

〝いかん！〟

十左衛門は、その影が刺客であることを即座に理解した。そして、そう感じるが早いか、懐に忍ばせた棒手裏剣を立て続けに打ち込んだ。

刺客は、謙信の二丈（約六メートル）手前で止まり、飛んで来る棒手裏剣を剣で打ち落とした。その剣は、日本のものとは違う両刃の直刀であった。

〝こ奴、まさか！〟

十左衛門の脳裏には、あの日、飛影が告げた言葉が蘇った。

〝信玄入道を暗殺した刺客……〟

暗殺を行おうとする際、暗殺者の大方は、闇にまぎれることができる深夜や、警備が十分に行えない移動の最中を狙う。仮に、日中に暗殺を企てるとするのであれば、身元を偽って城に入り、時間をかけて周囲を安心させた後、機会を窺って命を狙うのが常套手段である。だからこそ、雨で臭いや音を掻き消すことはできても、この男のように、白昼堂々敵の城に潜り、標的を仕留めようとすることは、その道に長けているものからすれば異常手段であり、逆を返せば、不意をつかれる行為であった。

刺客は、十左衛門を無視して、そのまま謙信に飛び掛ろうとした。が、十左衛門が予想を超える速さで向かって来たことで、とっさに剣を十左衛門に向けて構え直し、襲って来る十左衛門の剣を受け止めた。

謙信の目の前で、刺客と十左衛門は、剣を交わしたまま睨みあった。刺客の目は、獲物を狙う獣の目と等しく鋭いものであった。

「御実城様、お逃げくだされ！」

十左衛門は、甚助や楓に危機を知らせようとしたが、刺客の重い剣を止めるのに精一杯で、それだけしか言えなかった。

「もう、遅い」

刺客が冷たく呟いた。

謙信は、あせる十左衛門の言葉を聞いても、厠の前で立ち尽くしたまま動かなかった。そしてそのまま、その場に倒れ込んだ。

〝御実城様！〟

十左衛門は、謙信の異変に慌て、剣に力を込めると、そのまま刺客を押し離し、尋常ではない速さで数太刀浴びせ掛けた。

「うおおおおお！」

あせりと怒りで十左衛門は鬼の形相となって叫んだ。軒猿一の手練れである飛影であっても、本気を出した十左衛門の剣速に付いていくことは、まずできない。

だが、この刺客は、その神速の太刀を全て受け止め、逆に十左衛門の胸元をわずかに斬り裂いた。

〝何だと……！〟

傷は浅い。しかし十左衛門は、今まで受けたことのないような相手の素早い一刀に驚愕し、背中に冷たいものを感じた。

「何事か！」

十左衛門の声に気づいた甚助や楓達が、駆け寄って来る音が聞こえた。

「お主、面白いな」

刺客は、あざ笑うかの如く、驚く十左衛門に言った。そして、少し後ずさりすると、そのまま背後の築山に跳び、屋敷の塀に向かって走り去った。

十左衛門は、かつて出会ったことのない手練れの出現に体が動かず、追うことができないままであったが、直に我に返り、剣を投げ捨てて謙信に駆けより、その体を抱き上げた。

「御実城様！」

十左衛門が、目を閉じて微かに痙攣《けいれん》している謙信に呼び掛けた。

〝これは……！〟

十左衛門から、血の気が引いた。倒れた謙信の喉には、針が二本衝き立てられていた。

〝三稜針《さんりょうしん》……〟

三稜針とは、毒を塗ったふくみ針ことである。

〝いつ打ったのだ？〟

あの状況の中、どこで三稜針を正確に打ち込めたのか。あらかじめ、邪魔が入ることを想定して、初めの突入と同時か？　それとも、わしが飛び込んだ時か？

十左衛門は、想像を超える敵の技量に息を吞んだ……。

「御実城様、しっかりなさりませ！」

十左衛門は、すぐに針を抜き取った。しかし、痙攣を起している謙信の姿から、毒を抜き出すことは叶わない状態である。

「御実城様！」

まず、甚助と軒猿どもが来て声を上げた。わずかに遅れて、楓と兼続もその場に駆け寄って来た。

「甚助、賊じゃ！　この塀を越えて逃げ去った。すぐに追って仕留めるのじゃ！　御実城様が襲われたこと、他国に知られてはならん！」

「わ、分かり申した」

甚助が、すぐに軒猿と共に駆け出そうとした瞬間、十左衛門が更に一言言い加えた。

「甚助、相当な手練れじゃ。絶対に複数で掛かれ、よいな！」

「承知！」

甚助らは、その場を十左衛門らに任せ、風の如く飛び去った。

「こ、これは一体……。御実城様、いかがなされました！」

兼続が呼びながら、十左衛門が抱き起こしている謙信の側に座り込んだ。楓は、手で口を塞ぎ、その場に立ち尽くしている。

「御実城様、しっかりなさりませ！」

十左衛門が、声を荒げて謙信に呼び掛けた。すると、微かに謙信の目が開いた。

「御実城様！」

一同に、謙信に呼び掛けた。

「楓殿、早よう床を敷くのじゃ。内密に薬師《くすし》も呼べ、急げ！」

兼続の激しい言葉に、楓は、ただ従う他なかった。そして、急いで寝所へ急いだ。

「御実城様、しっかり、しっかりなさりませ！」

兼続は、謙信の手を握り、必死に叫んだ。

「……か、兼続。後のことは頼むぞ。跡目は景勝じゃ……。じゃが、関東管領は景虎とするゆえ、滞《とどこお》りなきよう……。この謙信の遺言と心得よ……」

謙信は、最期の力を振り絞るが如く、兼続の手を力いっぱい握り絞めた。そして兼続を見つめた充血したその目は、兼続からその身を抱きかかえている十左衛門に移った。

そして、震える唇が、微かに動いた。

「十左……世話になった……」

聞き取れるかどうかの小さなその一言を言い終えるや、兼続の手から、力が抜けた謙信の手が抜け落ちた。

「御実城様ぁぁぁぁ——！」

兼続が、あってはならない事態に動揺し、涙を流しつつ、ただ謙信を呼んだ。

「な、何たることじゃ……何たることじゃ……」

十左衛門は俯き、ただ謙信を守れなかった己への怒りで、打ち震えていた。

「許さぬ、許さぬぞ……」

十左衛門は、抱きかかえていた謙信の体を兼続に預けて、静かに立ち上がった。

「刺客を追うのか……」

兼続が聞いた。

「はい。あのものだけは、生かして帰すわけには行きませぬ……。御実城様の仇は、某が命に代えて討ちまする。それが、御実城様を守れなかった某に、唯一できることにござりまする……」

十左衛門の体からは、何人であろうとも近づくことさえできぬ程の闘志を超えた殺気が発せられていた。これは、幾たびの死線を潜り抜けてきたものでしか纏《まと》えない、武人としては極限の姿であった。

「行く前に、これだけは答えよ。先程御実城様が申されたこと、お主は知っておったのか」

兼続は、取り乱しながらも、必死に十左衛門に聞いた。

「はい、跡目のこと、昨晩、毘沙門堂にて御実城様がお決めになってござりまする。このことは、御実城様の他に某しか知りませぬ……。樋口殿、詳しい話は、某が生きて帰れましたら、その時にさせていただきまするが、これが御実城様のご決断ゆえ、努々《ゆめゆめ》お忘れなきよう。後のこと、宜しくお願い致す」

そう言い終えると、十左衛門は再び謙信の顔に目をやるや、庭に飛び降りて刀を拾い、そのまま刺客が消えた雨の中へと、瞬く間に消えて行った。

「関東管領が、景虎様じゃと……」

一人残された兼続は、厳しい表情で一言呟き、息の絶えた謙信の顔を見つめた。

二

春日山城で凶行が行われていた同時刻、お千代は、十四郎の小屋にいた。戦に出る十四郎に精の付くものを食わせようと、猪汁を拵《こしら》えにきていた。

「今夜は、おじさんもお城から少しは戻って来れるんでしょ」

お千代は、囲炉裏に火を点けながら十四郎に聞いた。

「ああ、父上も戦支度があるゆえ、飛影さんと交代して帰って来ると思う」

「それなら、三人で一緒に食べようよ。おじさんもきっと喜ぶよ」

お千代は、十左衛門のことを、とても慕っていた。それは、父親のいないお千代にとって、十左衛門が本当の父親であるかのように感じる程、日頃から十左衛門に優しくしてもらっていたからである。

「それはいいが、ちと遅くなるかも知れんぞ、それでも大丈夫か」

「平気、平気、これでもわたしだって忍びよ。多少遅くなっても里に帰ることなんてへっちゃらよ」

「そう言いながら、結局わしが送って行く事になるのだろう……」

「あはは、そうだといいなと思ってる」

「まったく……」

古びた何もない小屋ではあったが、今ここには、間違いなく小さな幸せがあった。

「あっ、いかん。お千代、わしはちと、城下に行ってくる」

「え、どうして？」

「いやぁなに、今日までに、又五郎に手裏剣をつくって渡すことになっておったのじゃ」

「えー、又五郎なら、明日でもいいじゃない」

お千代は、少し頬を膨らませた。

「そうはいかんさ。戦支度があるのじゃ。早めに手に馴染《なじ》ませたいはずじゃ」

「分かった、でも早く帰ってきてね。まちがっても、又五郎はここに連れて来てはだめよ。今日は、おじさんと私達の三人だけだからね」

「分かった、分かった。それじゃ、すぐに戻るゆえ、旨いのをつくっといてくれよ」

「うん」

十四郎は、お千代と笑顔を交わすと、蓑を纏《まと》って雨の中を足早に城下まで駆けて行った。


謙信が住む屋敷は、実城《みじょう》と呼ばれる山頂の本丸ではなく山麓にあった。よって、山を少し下れば城下だが、その道は入り組んで複雑なつくりになっておるため、容易には大手門に行き着くことはできないようになっていた。山の全てが要塞となっているこの城を、謙信を仕留めた刺客は、木々に紛れ山の裏側へと逃走した。その後を、甚助率いる軒猿が、途中で合流したものも合わせて八名で追い詰めていた。

だが、十左衛門が遅れて追っていくと、刺客が逃げたであろう道筋には、軒猿だけでなく番兵の軀《むくろ》が次々に転がっており、追って行く先が、まるで地獄に繋がっているかのような錯覚を覚えさせた。雨脚は、更に強くなっている。

「ぐわぁ」

刺客を追う十左衛門の耳に、また一人その凶剣の餌食《えじき》にされたものの声が聞こえた。

〝近い〟

倒されたもの達は、背後から突かれたたものものもいれば、首をへし折られているものなど、さまざまな殺られ方を別々の場所でされており、これは、正面でやり合ったのではなく、木々に紛れた敵に、不意に殺られたことを十左衛門に悟らせた。

〝これより先は、不用意には入れぬ……〟

十左衛門は、木の上に飛び、息を殺して周囲を窺《うかが》った。その時！

「潜んでいることは分かっておる。出て来い。出て来なければ、仲間が死ぬぞ！」

十左衛門から見えるところに、血だらけの甚助の首を後ろから腕で締め上げる刺客が姿を現した。

〝甚助！　……〟

十左衛門は、内に滾《たぎ》るものを感じた。甚助は、虫の息である。

〝許せん！　……〟

十左衛門は、怒りに震えつつ、木からスッと飛び降り、刺客の真正面に対峙した。

「やはりお主か。来ると思って待っておったぞ」

刺客の口元が笑った。

「そのものを放せ！　わしが相手になる」

十左衛門の顔つきは、これまで誰にも見せたことがない程、厳しいものになっている。

「お主、田舎忍びにしては、なかなかやるじゃないか。こんなところに、貴様程の腕の立つものがいようとは、いささか驚いたぞ。貴様に邪魔されなんだら、薄紅色の桜を、謙信の血で赤く染めてやったものを、三稜針を使うはめになるとは、わしとしては残念でならぬ……。しかし！　お主というなかなかの獲物に出会えたことは、わしにとって極上の喜び。毘沙門天は不本意な形でしか殺れなんだが、それを守る修羅の血で、わしの晴れぬ気持ちを贖《あがな》ってもらうぞ」

刺客はそう言い放つと、甚助を放り投げた。

「貴様ぁ！」

十左衛門は激昂《げっこう》し、背の刀を抜いて飛び掛った。その十左衛門の動きを見るや、刺客も剣を抜いた。

常人には見切れぬ速さで二人は斬り合い、その斬撃《ざんげき》は、凄まじいものとなった。

初めは、刺客にも斬り合いを楽しむような余裕の笑みが見られたが、十左衛門の放った一刀が、刺客の頬を斬り抜いた。

「ちぃ」

刺客は、一端後方に飛び、十左衛門を睨んだ。

「やはり、お主は只者でないな。これまで幾度もこの国の忍びと闘ってきたが、わしの体に傷を付けたのは、お主が初めて……。じゃが、命のやり取りとは、こうでなくてはならぬ。もっとわしを楽しませろよ」

刺客の正体は、あの死神、朱烈炎であった。

〝早く逃げねばならぬ状況の中で、こ奴、わざとこの危険な状態に己を追い込み、命のやり取りを楽しんでおる〟

十左衛門は、烈炎を鋭く睨んだ。

その動じない姿の十左衛門めがけ、今度は烈炎が飛び掛った。

二人の剣は、先程より速さを増し、お互いギリギリで避けていたが、斬り合いが続くにつれ、避けきれない刃が、双方の顔や腕を浅く斬り裂いた。

二人の周囲には、二人の乱激と激しい動きに千切れた草が舞い上がった。

その時、十左衛門が足場を悪くして一瞬よろめいた。それを見るや烈炎は横一閃に斬り掛かった。十左衛門は、それを体勢を崩しながらも剣で払った。が、そこにすかさず烈炎の回転脚が、十左衛門の頭部を襲った。その勢いは、風圧だけで身を削られそうな鋭さがあった。

「まずい！」

〝バキィ〟

凄まじい速さで攻撃し合っていた二人の動きが止まった。

「何ぃぃぃ……」

烈炎は、思いもよらぬことに、驚きを隠さなかった。十左衛門は、烈炎が放った蹴りを、自らも蹴りを繰り出すことで、撥ね返したのだ。

二人は、互いの蹴りの反動で後ずさりした。

「……これは驚いたぞ……。このわしの蹴りを蹴りで受け返すとは……。お主、それ程の体術を如何様にして体得した」

烈炎は、少しこめかみに汗を滲ませながら問うた。それを受け、十左衛門が言った。

「わしは、越後のものにあらず。甲賀忍びじゃ。じゃが、心は御実城様を守る軒猿！御実城様と仲間達の仇、我が体術の全てを尽くして晴らしてくれよう」

十左衛門の怒りは、その身体全てを覆いつくしていた。

「お主、名は何と申す」

烈炎は、固い表情で十左衛門に言った。

「霧風流甲賀忍び、霧風十左衛門」

「霧風十左衛門……。他の忍びとは、一味も二味も違う奴……。ではわしも、お主の技量に礼をもって名乗ろう。我が名は朱烈炎。故あって朝鮮国よりこの国に渡り、今は、千千に乱れたこの国を束ねようとされておるお方の夢のために働いておる」

語る烈炎から、先程までの狂気は感じられない。

「日の本を束ねようとしているもの……信長か……。貴様、あのような悪鬼に、魅せられるものがあると申すか！」

　十左衛門の表情には、怒り以外に困惑した様子が窺えた。

「我が祖国もそうだが、己の欲得のためだけに権力闘争を繰り返す馬鹿どもが、果てしのない争いを続ければ、それによって民が苦しめられることとなる。これを正すには、真の実力者がいち早く国を束ね、新たな秩序をつくらなければならぬ！　お主らから見れば、我が主は悪鬼にしか見えぬかもしれぬが、力を失った現在《いま》の朝廷や幕府に国の政を任せておっては、民の苦しみは癒《いや》されぬのだ」

　烈炎の言葉は、決して間違いではなかった。失政が続けば、おのずと国は乱れる。よって、現代でも言えることだが、国が乱れているときには信長のような今までの権威を無視し、新たな秩序をつくる改革派のリーダーが求められる。残念なことに謙信は、清廉潔白で実力も兼ね備えてはいたが、それまでの秩序に囚われすぎ、いつまでも旧体制を存続させていこうという考えから脱却しきれなかったところに、信長に劣る限界があり、これによって、世のためになったであろう天下取りを、みすみす逃す結果となってしまったと言っても、言い過ぎではなかった。

「信長が天下を取れば、よい世の中が来ると申すか！　だから信玄公も、その凶剣で亡きものにしたのか！」

　十左衛門は、烈炎の話のあまりの内容に、内心惑わされていた。

「ほう、なぜそれを知っておる。そうだ、その通りだ、じゃから信玄も殺した！　全てに優《まさ》る信長様が、この国の頂に立ち、今までにない新しい体制によって国を治めることこそ、この国と民のためになるのだ！」

「……狂気の魔王に、そのようなことができるとは、到底思えぬ」

十左衛門は、ジリッと烈炎との間合いを詰めつつ、刀を握り直した。

「ふっ、お主の主は、足利幕府の再興によって、世を平安に導こうとしていたのであろう。そんな考えは、もう古いのだ。そんなことでは秩序は回復せぬ。主同様、古い考えに囚われ、信長様の新たな国づくりに付いて来れぬものは邪魔なだけだ！　この場で我が剣の餌食となるがいい！」

そう言い終わるや否や、烈炎は十左衛門に向かって突進した。

十左衛門は、迫る烈炎に斬り掛かったが、烈炎は、十左衛門の剣がわずかに届かぬところで飛び上がり、十左衛門の上空で身体を捻《ひね》らせながら、着地とともに剣で十左衛門の背中を鞘ごと斬り裂いた。

「ぐわっ！」

十左衛門が、背中の痛みに、思わず声を上げた。

烈炎は、怯んだ十左衛門に間を置かず二太刀目を浴びせようとしたが、十左衛門は、危険を察知し、痛みを堪えて回転しながら逃げ、烈炎から距離を取った。

「ほう、深手を負っても、それだけの動きができるとは、やはりお主は面白い奴だ。じゃが、いつまでもここで、お主と遊んでいるわけにはいかぬ。誠に惜しいが、そろそろ命を頂くぞ」

烈炎の顔には、狂気が戻っていた。十左衛門の顔は、痛みで歪んでいる。

〝このままでは……〟

十左衛門の頭に、死が過ぎった。

「臨《りん》、兵《ぴょう》、闘《とう》、者《しゃ》……」

十左衛門は、小声で九字護身法を唱え、全神経を極限まで高めた。

「何をブツブツと唱えておる。呪術でわしを呪い殺す気か。それとも勝負を諦めて念仏でも唱えておるのか」

烈炎は、狂気の笑みを浮かべている。その烈炎に向かって、十左衛門は、よろけながら立つと、棒手裏剣を打ちながら突進し、烈炎との間合いを詰めた。

「この期に及んで、こんなつまらぬ攻撃をするとはな！」

烈炎は、避けもせず、胸に三本の手裏剣を受けた。

〝！　防具を着込んでいるのか〟

十左衛門は、驚きつつも、そのまま烈炎に斬り掛かった。しかし、その剣も烈炎の凶剣に弾かれ、そのまま右腕は、その凶剣に貫かれた。

「くっ……」

「痛いかぁ」

十左衛門が苦しむ様を烈炎は、笑みを浮かべて見た。が、十左衛門は、すかさず烈炎の胸に刺さった棒手裏剣を左手で引き抜くと、それを烈炎の首に刺した。

「ぐわああああ……」

十左衛門は、烈炎が怯んでいる隙に、刺さった剣を抜き、後方へと転がった。

「貴様ぁ……」

烈炎は、刺さった手裏剣を抜き、血の出る喉を左手で押さえて十左衛門を睨んだ。傷は、頚動脈《けいどうみゃく》をわずかに外れ、致命傷に至っていない。

〝しくじったか……〟

十左衛門は、再び立ち上がると、刀を左手に逆手で持ち替え、それを胸元に引き、切っ先は列炎に向け、柄の先に右手を添えた。

「まだ、勝負を諦めていないようだな」

烈炎は、左腕を喉から離し、胸の手裏剣を払い落とした。

「油断はしたが、もうこれまでだ。そろそろ謙信の下へ逝け！」

烈炎は、大きく宙に飛び、十左衛門めがけて斬りつけた。

十左衛門は、烈炎が飛び上がるや上半身を捻《ねじ》り、その反動で回転しながら飛び上がり、宙で烈炎の剛剣を回転の力を加えた剣で受け止めた。そして両者は、そのまま着地した。

「ぐわぁ」

声を上げたのは烈炎である。その脚には、撒きビシが深く突き刺さっていた。

「お、お主、いつの間に……」

十左衛門は、宙に飛ぶ直前、身体を捻るや、烈炎からは見えぬ角度で刀の柄の先の蓋《ふた》を開け、中に仕込んでいる小さな撒きビシを素早くばら撒いてから飛び上がっていたのである。

「宙に舞えば、必ず地に降りる。飛び上がった後、その着地点を途中で自在に変えることは、人である限りでき不可能。貴様の動きを読み切り、貴様がどこに舞い降りるかをあらかじめ予想しておったのだ。これで足は封じた。覚悟致せ！」

十左衛門は、そう言い放つと、烈炎に飛び掛かり、左手に持った刀で斬り抜こうとした。

「これしきでは、わしは殺られぬ！」

烈炎は、襲い掛かる十左衛門の剣を、渾身の力を込めて打ち落とした。

「弱い剣だ！　もうお主も終いだぁぁぁ――」

烈炎が勝ちを確信した刹那、烈炎は、血に染まった十左衛門の姿に鬼を見た。

込んだ。

〝な、何だ……〟

烈炎の動きが止まったその一瞬、十左衛門が烈炎の胸に見えぬ速さで右の掌《しょう》を打ち込んだ。

「うあああああああ――――」

〝バキバキバキィィィィ――――〟

十左衛門の凄まじい叫びとともに、烈炎の身体から全身の骨が砕けるような鈍い音が周囲に響いた。打ち込んだ十左衛門の右手からは、突き抜かれた傷から血しぶきが上がり、暗い森の木々に飛び散った。

「な、何をした……」

烈炎は、思わぬ衝撃に身動き一つできず血へどを吐いて、そのまま後方へ倒れ込んだ。

十左衛門は、体中の痛みを堪えながら立ち上がり、倒れている烈炎に近寄った。

「お主……、これを狙っておったのだな……。わざとわしに右腕を突かせ、使えないと思わせておいて油断を誘い、必殺の一撃を繰り出す……。何という奴じゃ……。わしは、真《まこと》の修羅か鬼神と闘っておったか……」

烈炎は、哀れむような目で見下ろす十左衛門に言った。

「最期に聞かせろ……。今の技は何じゃ……。幾人もの使い手と相対してきたが、このような技は、今だかつて一度も目にしたことがない……」

　烈炎は、喋る度に、口から血が吹き上がっている。

「……霧風流闘気術秘奥義、『雷撃掌《らいげきしょう》』……。特殊な呼吸法を用いて、体内に宿る気を増幅し、それを自在に練り上げ、その力を渾身の力とともに敵に放つ必殺の技……。

　貴様の胸骨から肋は全て粉砕され、その一部は既に内臓に突き刺さっておる。もう助からぬぞ……」

　烈炎は、上着の中に薄い板を防具として仕込んでいたが、それも全て打ち割られていた。もう動くことすらできぬ強敵を、十左衛門は、憎しみよりも哀しみをもって見つめていた。

「お主、それ程の力があって、なぜこのようなところにおる。上杉のやり方では、天下は治まらぬぞ……。謙信はもう死んだ。安土に行け、安土に行って信長様に仕えよ。そして、この国を変えるのじゃ……」

　烈炎の目は充血していたが、次第にその顔からは血の気が引き、青白く変わっていた。

「……わしは、上杉がどうかということなど考えておらぬ。天下取りにも興味はない。わしはただ、謀略渦巻くこの乱世において、唯一一点の穢《けが》れのない、美しい光を放つ正義の剣を振るう御実城様に惚れて、この越後におるのだ」

顔を濡らす雨で、はっきりとは分からなかったが、十左衛門の目には涙が溢れていた。

「ふふふっ……馬鹿な奴じゃ。最も強い武将と忍びが、揃いも揃って天下を狙わぬとは……。あきれ果てるわ……」

烈炎は、そう言うと、静かに目を閉じた。

十左衛門は、大きく息をつき、その場に倒れそうになったが、左手にもった刀を杖代わりにして傷だらけの体を支えた。

「甚助！」

十左衛門は、甚助の名を呼び、そのまま木々の間に横たわる甚助に歩み寄った。

「甚助、甚助！」

甚助の側に座り、その身を抱きかかえた十左衛門は、目を見開いた。

「なっ、何ということじゃ……」

十左衛門の腕に抱かれた甚助は、既に物言わぬ姿となっていた。

第七章　陰謀

一

謙信が死んだ……。

越後にとって、これ程衝撃的な出来事はない。

だが、城内はいつもと変わらぬ様相で、国を揺るがす変事が起きたことなど、微塵も感じ得なかった。

そのような城の山中を、十左衛門は倒れそうになりながら、謙信の屋敷に向かっていた。

そこに、大変な速さで近づいて来るものがいた。

「十左衛門！」

それは、楓より知らせを聞いた飛影であった。

「ここじゃ！」

十左衛門は、飛影を見るなり叫び、その場に片膝を突いた。

「十左衛門、無事か！」

飛影は、十左衛門の両肩を握って、やられ具合を確認した。

「出血がひどい……。このままでは、拙《まず》いな……。お主とあろうものが、ここまで傷を負うとは……、他のものはどうした、相手は殺ったのか」

飛影は、話しながら懐に忍ばせた三尺手拭いを取り出し、突かれた十左衛門の右腕に巻いた。

「……皆死んだ……。甚助も救えなんだ……」

「何！　甚助が……」

「すまぬ……。後を追って見つけた時にはもう……、敵の刃に掛かっておった……。本当にすまぬ……」

飛影は、甚助が亡くなったことに、相当な衝撃を受けた。

「敵は殺した。じゃが、誠に恐ろしい奴じゃった……。あ奴は、以前お主が申していた信玄公を屠《ほふ》った奴じゃ」

〝！〟

飛影は、十左衛門のその言葉に、更なる衝撃を受けた。

「飛影、御実城様は、楓殿達は、どうしておる」

　飛影は、愕然としていたが、十左衛門の言葉で我に返った。

「ああ、御実城様はもう……。お姿は見れなんだが、楓の申すには……」

　飛影の目に少し涙が浮かんでいる。

「そうか……では、わしも死んで、お守りできなかったことを、あの世で御実城様に詫びねばなるまい……」

　十左衛門は、殉死の覚悟を決めていた。

「何を申す！　それはならぬ！　御実城様とて、そのようなことは望んではいまい。お主は生きて、我らと共に、御実城様が愛された、この越後を守るのじゃ。それが、御実城様への忠義であろう！」

　飛影は、血相を変えて、十左衛門に詰め寄った。

「じゃが、わしは……。御実城様あってこそのわしだったのだ。御実城様が亡き今、この血塗られた世で、わしに生きていく意味などない……」

「馬鹿を申すな！　十四郎はどうなる！　男の子をもつ父親は、生きている内に男としてどう生きるべきか、直接語って教えなければならぬ！　お主、十四郎に男としてどう生きるか、忍びとしてどう生きるのか、全て語ったのか！　お主は、死んではならぬ。十四郎のために生きよ！」

中に響き渡った。

十左衛門は前屈みになって、そのまま慟哭した。その声は、雨音を消すが如く、森

「飛影……」

その頃、謙信の屋敷では、兼続が十八とは思えない程の手際のよさで、事態の収拾に努めていた。

できるだけ人を遠ざけ、別の間で控えていた同じ景勝の家来である上田衆の一人、泉沢久秀と共に密かに謙信の遺体を寝所へ運び、布団に寝かせて、謙信が急に倒れたように見せ掛けた。

この時点で、謙信の死を知っているのは、兼続と久秀、そして奥を取り仕切る妙椿尼。更に、兼続より知らせを受け、急ぎ駆けつけた仙桃院と、景綱の娘婿で、今は景勝を世継ぎに擁立しようとする派閥の中心となっている直江信綱。忍びでは、十左衛門と楓、飛影の八人だけであった。

兼続は、薬師を別の間に留め置き、十左衛門達忍びのもの以外の五人で、謙信の遺体を囲み密談を行った。

「御実城様、なんたるお姿に……」

仙桃院と妙椿尼は、外にこの事実が漏れぬよう、声を殺して泣くばかりであった。

「兼続、これからいかが致す……」

信綱が、力を落としながら兼続に問い掛けた。

「……皆様、これから数日は、御実城様はご病気ということに致しましょう」

兼続は、一人気丈かつ冷静であった。

「何、それはいか程か！」

厳しい目つきで、信綱が兼続を見た。

「御中城様が、御実城様の跡を、全て引き継ぐ準備ができるまで……」

「何じゃと！」

一同は、一斉に兼続を見た。

「それは、どういうことなのじゃ」

目を腫らした仙桃院が聞いた。

「実は、亡くなられる直前、御実城様は某に、跡目は御中城様、関東管領職は景虎様に継がせるよう、御遺言なされました……」

「何、関東管領職は景虎様にだと！　それでは……」

信綱が言葉を失った。

「はい、国主は御中城様ではありますが、景虎様の方が関東を束ねる関東管領であるゆえ、権威は上ということになりまする……」

兼続は、厳しい目で信綱を見た。

「何故そのようなことを、御実城様は申されたのか！」

信綱が憤った。

「御実城様がお亡くなりになった今、仔細は分かりませぬが、このことは、絶対に景虎様と景虎様を擁立しようとしているもの達に知られてはなりませぬ。そして何より、御中城様にも明かしてはなりませぬ。この事実は、墓場まで漏らしてならぬ秘中の秘にござる。御一同、よろしいか！」

兼続は、厳しい表情で、一同に言い伝えた。

景勝は、謙信の養子になって以来、謙信流の帝王学を叩き込まれ、義に反する行いをよしとしない謙信以上の清廉潔白な若者となっていた。よって、この事実を知れば、謙信の遺言を律儀に守り、関東管領職を景虎に譲ることは必至であった。よって、兼続は、景勝に謙信の全てを相続させるために、景勝に事実を明かさないことを確認しなければならなかった。

「某はこれより、せねばならぬことがございます。そのために、信綱様は家臣を二・三十名程揃えていただけませぬか。久秀も、上田衆を同じく二・三十名程集めておいてほしい。これよりすることは、内密に行うゆえ、くれぐれも目立たぬようお願い申す。それと、軒猿は一人も使いませぬゆえ、このことも承知しておいてくだされ」

「何をするつもりじゃ」

信綱が、いぶかしげな目をして聞いた。

「……後程お伝え致しまする」

兼続は、少し顔を引きつらせて答えた。

信綱と久秀は、それ以上聞かず、寝かされた謙信の顔を見て手を合わせると、そのまま部屋を出た。

そうしてしばらくすると、兼続らが謙信の亡骸を何も言うことなく見つめているところに、外から男の声がした。

「飛影にござりまする」

「戻ったか。刺客は始末できたか」

兼続が、戸を開けることなく中から聞いた。

「はい、十左衛門が始末してござりまする」

「十左衛門も一緒か」

「はい、ですが、かなりの深手を負っており、急ぎ手当てをせねばなりませぬ」

「分かった。しかし、十左衛門には内々に聞きたいことがあるゆえ、庭向かいの間に入るよう伝えてくれ。手当てはそこで楓にさせるゆえ心配致すな。それと、しばらくの間、御実城様は御病気ということに致すゆえ、お主は、此度のことを決して誰にも申してはならぬ。里に戻り、軒猿は命が下るまで動かぬようにさせておいてくれ。よいな」

「承知致しました……。御実城様は……」

「……」

飛影の謙信を案じた言葉に、兼続からは返答はなかった。

亡くなったとはいえ、一介の忍びが、やすやすとその死に顔と対面することなど叶うはずがないことなどは、お互い承知していなければならないことであった。

飛影は、そのまま一言も発さずその場を去り、誰の目にも止まらぬよう、十左衛門を支えながら庭向かいにある一室に入れた。

「十左衛門、わしは一端里に帰り、この後どのようになってもよいように、皆をまとめておく。楓が手当てに来るゆえ、お主は無理することなくここで休め。その後は、御実城様の寝所近くにいてさしあげよ」

「すまぬ……」

十左衛門は痛みを堪えながら飛影に答えた。

「何を申す。御実城様もお主に近くにいてほしいはずじゃ。ではな……」

そう言うと、飛影はそのまま行こうとしたが、一度立ち止まり、再び振り返って十左衛門を見た。

「どうした」

「いや……」

「世話になったな……」

十左衛門が、ポツリと言った。

「何を申す……」

そこに、廊下を歩く兼続の足音が近づいて来た。

「ではな」

飛影は、最後にそう一言伝えると、庭へと飛び去った。

「十左衛門、大丈夫か」

兼続は、部屋に入るなり、十左衛門の側に片膝を突けて座った。

「はい。血でお屋敷を汚してしまい、申し訳ござらぬ」

「いや、気にするでない。今は非常事じゃ、楽にせよ。早よう手当てをしてやりたいが、他のものが来る前に、そなたに聞いておきたいことがあるのじゃ。しばし耐えてくれ」

「分かりました。で、お聞きになりたいこととは……」

「うむ、まずは御実城様を襲った刺客であるが、間違いなく仕留めたのじゃな」

「はい、かつて出会ったこのない程の使い手ではありましたが、何とか仕留めました……」

十左衛門は、時折痛みに目元を引きつらせ、歯を食いしばった。

「その刺客、どこの手のものであった」

「織田にござりまする」

「やはり……。じゃが、これで信長には、御実城様が亡くなられたことは、すぐには伝わらぬな」

兼続のその言葉に、十左衛門は兼続の目をしっかりと見て頷いた。

「今一つ、御実城様が最期に申されていた上杉の跡目についてじゃが、お主は、このことを御実城様より聞いていたのか」

兼続の目は、心なしか厳しくなっていた。

「はい、先程も申しましたとおり、昨晩、毘沙門堂にて御実城様より伺いました」

十左衛門の言葉に、一瞬、兼続の目が光を放った。

「他には、誰もいなかったのだな」

「はい、他にはおりませぬ。某と御実城様のみでござる……」

兼続は、俯いて目を閉じ、十左衛門に言った。

「お主、あの御遺言、どのように思う」

〝！〟

十左衛門は、兼続の言葉に、冷たいものを感じた。

「それは、どういう意味で……」

十左衛門は、目を閉じたままの兼続を不審な目で見た。それに合わせ十左衛門は、すぐに動けるよう、痛む体の要点に力を溜めた。それは、兼続には気づかれない程のわずかな変化であった。

「十左衛門！」そう言うと、兼続はクワッと目を見開らいて続けた。

「御中城様が国主、景虎様が関東管領では、越後は二つに割れる。そしていずれは、内乱となるであろう。それは、絶対に避けなければならぬ！　御実城様が、ご苦労されて一つにまとめられたこの越後を、再び内戦によって焦土にしてはならぬのじゃ！」

兼続は、気魄の籠もった言葉で十左衛門に訴えた。十左衛門は、兼続から目を逸らさずに、それを黙って聞いた。そしてポツリと言った。

「兼続殿は、御実城様の御遺言を無かったことにするおつもりか……」

その言葉に対し、兼続は十左衛門の目を真っ直ぐに見て言った。

「そうするしかない！　そして、関東管領も含め、御実城様の全てを御中城様に受け継いでいただかなければならない！　十左衛門、越後のため、このわしの考えに同調せよ！」

兼続の気魄は、十八とは思えぬ程のものであった。

二人は、目を合わせたまま、しばらく一言も発しなかった。部屋には、十左衛門の血が床に滴り落ちる音しかしない。

「……それは、無理でござる」

そう答えた十左衛門の目は、体中に刀傷を受けているものの目ではなかった。その目に、兼続は一瞬息を呑んだ。

「確かに、兼続殿の言われることは分かりまする……。ですが、某には大恩のある御実城様の御遺言に背くことなどはできませぬ。此度の御遺言は、御実城様が苦しんだ末にお決めになられたこと。本来であれば、御実城様自らが御後見となられて御中城様と景虎様を御支えするつもりでありましたが、死に際においても、その考えをお変えにならず、我らに託したことは、我らを信頼してのことにござりまする。これから皆で力を合わせ、御実城様が望まれた新たな越後をつくっていくことが、御実城様の御心に沿うものと心得まする」

語る十左衛門の周りには、滴り落ちた血が、大小数えきれぬ程の血溜まりとなっていた。

「……やはりな」

兼続が呟いた。

「やはり、お主は御実城様の影。誠に残念だ……」

そう言うや、兼続は懐剣を抜き、横一閃に十左衛門に斬りつけた。

十左衛門は、それを読んでいたかの如く、左に転がり身をかわした。しかし、背に受けた傷が動きを鈍らせ、次の攻撃を受ける体勢に入るのをわずかに遅らせた。そして、次の兼続の攻撃に備えたが、一瞬その姿を見失った。

〝まずい！〟

そう思った十左衛門の左の腰に、鈍い痛みが走った。

「ぐわっ……」

兼続は、弱った十左衛門の背後を取り、懐剣を深く十左衛門の腰に突き入れた。

「か、兼続殿……。御実城様に目を掛けられ、行く末はこの越後の仕切りを任されるであろうと言われた貴殿が、このような凶行に出るとは……。御実城様に対し、恥ずかしくはないのでござるか……」

十左衛門は、懐剣を突き入れている兼続の手を左手で掴み、引き抜こうとしたが、兼続は更に力を込め、刃を深く突き入れた。

「うっ！　あああ……」

十左衛門は、歯を食いしばり、右手を床に突いた。

「十左衛門、お主も知っていよう。我ら上田長尾家のものは、長きに渡り府中長尾家や古志長尾家との抗争に破れ、政権の中枢から弾かれてきた。特に、先代政景様が野尻湖で不審な死を遂げられてからは、家臣団は分裂させられ、戦場《いくさば》では、常に最前線に送られてきた……。だが、御中城様が跡目を継がれれば、我らの悲願であった越後の覇権を、ようやく手にすることができ、今までの無念を晴らすことができるのだ。わしは、この好機を絶対に無駄にはせぬ。そのためには、御実城様の御遺言にも逆らおう。魂を鬼にもくれてやろう。十左衛門許せ、これも御中城様のため、延《ひ》いては越後のためなのじゃ！」

兼続は、更に強く懐剣を十左衛門に突き立てた。

「これが、正義でござるか……。御実城様の御意向に反することが、今まで御実城様より学んできた義であると申されるか……」

「十左衛門、御実城様が、いつも正しいとは限らぬのじゃ。こうすることこそ、我らの正義なのじゃ！」

そう言い放つと、兼続は懐剣を引き抜いた。その途端、返り血で兼続の胸元が赤く染まった。それに構うことなく、そのまま兼続は再び十左衛門に兇刃を突き入れようとした。

その刹那！　十左衛門は信じられぬ身のこなしで体を反転させるや、兼続の鳩尾《みぞおち》と首に拳を入れた。

「ごえっ」

兼続は、たまらずその場に跪《ひざまず》き、そのまま倒れ込んだ。

「じゅ、十左衛……」

兼続は、声を発することができぬまま床に転がり、十左衛門を見上げた。

「兼続殿……」

殺すこともできた。しかし、このものは、凶行に及んだとしても、その内には、謙信が託したものが息づいており、間違いなくこれからの越後に必要なものであった。そして、十左衛門としては、それ以上にこの若武者が、我が子十四郎と重なって見えた。

「さらばにござる……」

十左衛門は、苦しむ兼続をそのままにして外に出ると、よろけながら庭の中にその身を消し去った。

二

〝十四郎が危ない……〟

十左衛門は、傷ついた体を引きずりながら、炭焼き小屋へと向かった。常人なら、全く動けない程の深手を幾つも負っていたが、忍びとして鍛え上げた肉体と精神力は、それを超越し、痛みをも麻痺させて、愛するものを守るというただ一つの目的に向かって、脚を前へ前へと進めさせ、その姿は、既に城下を抜け、炭焼き小屋に至る山中に入っていた。

「十左衛門様ぁー」

その十左衛門を、何者かが追って来た。楓である。

敵地や戦場での忍び働きから遠のいているとはいえ、もともと才のある楓は、血痕と血の臭いを辿り、見事な動きで十左衛門の後を追って来た。

「楓殿か……どうしてここに……」

十左衛門は、その場に膝を突いた。

「十左衛門様、いかがなされたのです。何ゆえ、そのようなお姿でこのようなところにおられるのです」

「樋口兼続だ……。樋口兼続に襲われたのだ……」

「えっ！」

楓は、意外な表情をした。

「樋口様が、何をされたのです。私は、樋口様と妙椿尼様より、女中を皆、女中部屋に待機させるよう言われ、私もそこで次の命を待っていました。飛影様も、城で十左衛門様の手当てをするようにと言っておりました。しかし、屋敷内が俄に騒がしくなったゆえ密かに抜け出し、十左衛門様がおられるはずの部屋に行こうとしましたら、そこから苦しんだ様子で樋口様が出てこられ、そのまま御実城様の寝所に向かわれるのを見ました。私は、それで異変に気づき、こうして十左衛門様を追って来たのです」

　楓の目は、無残な十左衛門の姿に耐えられず、涙が溜まっていた。

「実は、御実城様が亡くなられる前、わしと兼続に、上杉の跡目は御中城様、関東管領職は景虎様に継がせるようにとの御遺言があった……。しかし兼続は、御実城様のもたれていた全ての権限を、御中城様にそのまま継がせるべく、御実城様の御遺言をないものとしようとした……。兼続は、この計画に賛同するようわしに話を持ち掛けたが、それを断るや、懐剣で襲って来た……。そしてほれ……、このざまよ……」

　十左衛門は、少し苦笑いをして、それまで刺されていた腰に当てていた血だらけの手を楓に見せた。

　楓は、ただ愕然としていたが、すぐに我に返り、着物の袖を歯で破って、血の止まらぬ十左衛門の腰に当てた。

「このままでは、助かりませぬ。まずは、隠れるところを見つけて、そこで傷の手当を致しましょう」

楓は、細身ではなるが、このような時には驚く程肝が据わるところがあった。それは、忍びだからというより、女とはそういうものかと思わせるものであった。

「それはならん！　……。兼続は、必ずわしを殺しに来る。当然、十四郎にもその害は及ぶ……。このままでは、十四郎が危ない。早く十四郎にことの次第を伝え、逃がさねばならぬ……」

十左衛門はそう言うと、再び歯を食いしばって立ち上がった。

「私が参ります。私が十四郎を逃がします。ですから、十左衛門様は、身を隠してくださりませ」

「楓殿……」

楓の表情には、決死の覚悟が表れていた。

「すまぬ……。今はそなたの方が、早く十四郎の下へ行《ゆ》けるだろう。忝いが、すぐに十四郎に甲賀へ逃げるように伝えてくれ」

「甲賀ですか！」

「ああ、甲賀だ。甲賀に行けば、運命が十四郎を導くはずじゃ。それと飛影には、決してわしらに関わってはならぬと申してくれ……。あ奴はいずれ、軒猿の頭になる男じゃ。我らに関わって、軒猿の皆に害があってはならん……」

十左衛門は、ふらつきながら、楓に頭を下げた。そして、そのまま楓に倒れ込んだ。

「十左衛門様！」

楓は、十左衛門を抱き起こした。その目からは涙が溢れている。

「すまぬ……。わしは大丈夫じゃ……。早よう行ってくれ……、十四郎を頼む……」

「十左衛門様……」

楓は、力のない十左衛門を抱きしめ、その胸に顔を埋めた。

「決して死なないでください。お願いです……」

十左衛門は、楓の左肩に手を置いた。

「早よう行ってくれ、お願い申す……」

楓は、少しずつ後ずさりすると、じっと十左衛門を見つめた。

「行ってくだされ！」

十左衛門のその言葉に楓は頷き、背を向けると、涙を振り払いながら炭焼き小屋へと走り去った。

「お願い申す……」

十左衛門は、遠くなっていく楓の姿を見ながら、そのままその場に倒れ込んだ。そして、震える指を口に当て、人間の耳では捕らえられぬ高さの音波を放った。

十左衛門が、仰向けになって木々の間に見える狭い空をみていると、そこに、黒い影が現れ、十左衛門目掛けて降りて来た。

「早風、来てくれたか……」

十左衛門は、ゆっくりと起き上がり、そのまま木にもたれて、早風を左腕に乗せた。


空も薄暗くなってきた戌の刻（午後七時）前、三十人程の若侍達が、城下外れの古寺の境内に集まっていた。

そのものらは、鎧は付けていないが、皆頭には鉢がねを付け、襷がけをし、その手にはそれぞれ槍や弓・鉄砲を持っており、それは正に、これからどこかに討ち入ろうとする姿であった。

その男達の前には、樋口兼続と泉沢久秀がいた。

「皆、よう聞け！」

兼続が声を上げた。

「久秀殿より聞いておるであろうが、本日、御実城様が御倒れになられた！」

若侍達の表情は、皆引き締まり、黙って兼続の言を聞いた。その表情を見て、兼続が続けた。

「このことは、他国に決して漏らしてはならぬことである。が、しかし、お休みになられている御実城様の寝所に密かに忍び込み、不審な行動をとっておったものがいた！　そのものの名は、長年御実城様のお側近くに使えておった甲賀の忍び、霧風十左衛門と申すものである！」

若侍達は厳しい表情で、互いに顔を合わせた。

「十左衛門が寝所に忍び入った現場に、偶然わしが居合わせたことから判明したことではあるが、この霧風と申すもの、長い間御実城様を欺き、以前から我が方の動きを織田方に流していたようじゃ。その場にて捕らえようとはしたが、残念ながら取り逃がすに至った」

兼続の口調が、次第に強くなっていく。

「大戦《おおいくさ》を控えた今、我らは、他国に御実城様のことが漏れるのを防がねばならぬ！よって、何としても逃走した十左衛門を捕らえねばならぬ！　直江信綱様の一団は、既に山狩りに出られた。我らもこれより、あ奴が住処としておる炭焼き小屋へと向かう！　あ奴と格闘した際、わしが深手を負わせておるので、そう遠くには行けぬはずじゃ。じゃが、あ奴は名うての忍術使い。そのような体でも、逃走の際に番兵と軒猿どもを何人も殺めておる。いつあ奴と遭遇するか分からぬゆえ、決して油断するではないぞ、よいな！」

「応！」

若侍達は、兼続の勢いに押され、ただ大声で返答した。

「なお、これからの行動は、我ら上田衆と直江様の家臣団だけで行う極秘行動であることを肝に銘じておくように。では、参る」

　兼続の話が終わるや、久秀が手で合図を出し、一団は塊となって素早く十左衛門の炭焼き小屋へと向かった。


「くっそう、又五郎のせいで、遅くなっちまった」

　雨の上がった山道を、十四郎が一人、お千代が待つ小屋に向かって急いでいた。

「何であいつは、あんなに話し好きなんだ、全く戦に向かう緊張感ってのがない奴だ……」

　至る所にある水溜りを、軽やかな動きで避け、泥さえも全く跳ね上げることのない無駄の無い見事な動きである。だが口元は、早く帰ろうとするのを無理やり引き止めようとした又五郎への文句で、ずっとブツブツ言っていた。

〝！　何だ〟

　十四郎は、何かが近づいて来るのに気づいた。そして、とっさに身を屈め、地面に耳を付けて探った。

〝十人……いや、二十人……、もっといる……。何だ？〟

十四郎が来た道、およそ三町（約三百二十七メートル）後方に集団で動く足音がした。

この山道は、普段誰も使わない。それを、これだけの数で駆け上がって来るとは、尋常ではない。

十四郎は不審に思い、そのまますぐ側の木の上へと飛び上がった。

「ありゃ、何だ」

十四郎は、木の上から侍の一団を見つけた。そしてその一団は、間もなく十四郎のいる木の下を通過して、炭焼き小屋の方へと駆け抜けて行った。

〝なんだあの身なりは、討ち取りにでも行くのか〟

そう思った矢先、十四郎は、すぐ側まで近寄るものの気配に気づき、とっさに視線を下ろした。

「楓姉さん！」

十四郎のいる枝の一つ下に伸びる太い枝に、楓の姿があった。

「十四郎、逃げるのよ」

「えっ、どういうことだよ」

二人は、木から飛び降りた。

「十四郎、落ち着いて聞きなさい。二時《ふたとき》程前、御実城様が織田の刺客に襲われてお亡くなりになられたの」

「えっ、御実城様が！」

「聞きなさい！　詳しいことは後で話すけど、あなたのお父上は深手を負いながらも、その刺客を見事に討ち果たしたの。でも、御実城様がお父上に打ち明けた御遺言が、御中城様擁立に不都合と考えた樋口兼続は、刺客との闘いで深手を負ったお父上を襲い、亡き者にしようとしたの」

十四郎は、楓の話をただ呆然と聞いた。

「ち、父上は、父上は無事なのか！」

楓は、十四郎から目線を逸らし、唇を噛んだ。

「……お父上は兼続に刺されたけど、何とか城内から抜け出して、今も追っ手に捕まらぬよう、この近くの山中を逃げているわ……」

十四郎の表情が、焦りに変わった。

「どこだよ、父上はどこを逃げているんだよ、助けに行かねば、助けに……」

「十四郎！」

うろたえる十四郎を、楓が一喝した。

「お父上は、私におおせになられた。兼続は、きっと自分の命だけじゃなく、あなたの命も狙って来ると。だから私に、あなたを逃がしてほしいと頼まれたの……。お父上は大丈夫だから、まずは、あなただけでもお逃げなさい。甲賀よ、お父上は甲賀に逃げよと言われていたわ」

「甲賀……」

十四郎は、あまりのことにどうしてよいか戸惑ったが、その時、ハッとして先程の侍どもが、向かった方向を見た。

「お千代……」

「十四郎、どうしたの」

表情が引きつっている十四郎に、楓が問うた。

「さっき、ここを駆け抜けていった侍の一団。あの先頭の男は、間違いなく樋口兼続と泉沢久秀……」

十四郎は、苦悩の表情で楓を見た。

「姉さん、お千代が危ない……。わしの小屋に、お千代が来ておるんじゃ。下手したら、巻き添えになるかもしれぬ」

「十四郎、落ち着きなさい。お千代は何も知らないんだから、きっと大丈夫。私が小屋に向かい、お千代を保護した後、お父上もお助けするから、あなたはお父上の言いつけに従って、甲賀に逃げなさい！」

楓は、十四郎の両肩を摑んで、必死に説き伏せようとした。

「……だめだ。わしが行って、お千代を救わねばならぬ」

　そう言うと、十四郎は楓の腕を振り払い、小屋に向かって凄まじい速さで駆け出した。

「十四郎！」

　楓は、十四郎の名を呼んで後を追ったが、十四郎はみるみるうちに離れて行き、その姿は、楓の視界から消えていった。


「十左衛門が、現れるかもしれん。十人は周囲を固めろ。他のものは、小屋を囲むのだ。十左衛門は手負いだが、決して油断するな。息子の方も、なかなかの腕らしい。心して掛かるのだぞ。では散れ」

　兼続達は、炭焼き小屋に到着し、久秀が若侍達に指示を出していた。

「十左衛門親子は、父一人子一人。灯りだけでなく夕餉《ゆうげ》の匂いがするゆえ、息子はいるようだな」

　久秀が兼続に言った。

「ああ、おそらく。十左衛門の息子は、わしと年が変わらぬのだそうだ……。一度だけ、戦場で十左衛門といるところを見掛けたが、今まで十左衛門と共に、御実城様の側《そば》でなかなかの働きがあったらしい……」

兼続が、神妙な顔で言った。

「おい、どうした。急に、いかがしたのじゃ」

兼続の表情を見て、久秀がすかさず問うた。

「いや、なんとなく、殺すには惜しいように思えてな……」

兼続の言葉に、久秀は何も言わず、小屋のから漏れる灯りを見ながら、一つため息をついた。


「十四郎さん、早く帰るように言ったのに、まだかしら」

小屋の中では、夕餉の支度を済ませたお千代が、十四郎の帰りを今か今かと待っていた。

そこに、ザザッという物音が外から聞こえてきた。

〝十四郎さん〟

お千代は、一瞬そう思い笑顔になったが、それはすぐに緊張の表情へと変わった。

〝何人もいる……〟

お千代は、外にいる不審なもの達の動きを微かに捉えた。そして、懐に隠し持った手裏剣に手を伸ばした。明らかに小屋は取り囲まれている。

〝何なの……〟

お千代は、五感の全てを使って、外の様子を探った。

「ぐわあああ……」

小屋の裏手から、苦痛に満ちた三人の男達の声が、同時に静かな山の中に響いた。

「どうした！」

久秀が驚き、声を上げた。しかし、横にいる兼続は、冷静に状況を読み、「罠か……」

と、一言だけ呟いた。

忍びは、命を狙われることは常である。よって、ふいの敵の攻撃に備え、住家の周囲に罠を張り巡らしておくことは、当然の備えであった。十左衛門も、小屋の周りに紐を張り、それに触れれば、先端を鋭く削った木の楔が襲い掛かるなどの罠を、縦横に張り巡らしていた。苦しみの声を上げたのは、この罠に掛かったもの達であり、その体には、それぞれ七・八本の楔が深々と刺さり、間もなく皆息絶えた。

「どうする兼続。中にいるなら、今ので気づかれたぞ」

久秀が言った。

「……よし、踏み込もう。小屋の正面の五人を、わしの合図とともに踏み込ませる。他のものは、不足の事態に備えて、外を固めさせる。どこに罠があるか分からぬゆえ、努々油断せぬよう、皆に伝えるのだ」

兼続は、久秀に指示を出した。その指示が皆に伝わるや、兼続は小さく右手を上げて、そのまま前に振り下ろした。

〝来る……〟

お千代は危険を感じると、梁の上に飛び上がって姿を隠した。それと同時に、刀を手にした男達が戸を蹴破って入って来た。

「いない！」

「いや、これを見ろ、先程までここに誰かおったはずじゃ」

男達は、囲炉裏の鍋と、それを取るためにきれいに整えられた箸と椀を見た。それにより、その表情は更に厳しさを増し、再び小屋の中を見回った。

〝見つかる〟

お千代は、理由は分からぬが、見つかり次第殺されることを悟るや、手裏剣を男達の頭や胸・背に打ち込んだ、そして、そのほぼ中央に降り立ち、痛みに喘ぐ一人から脇差を抜き取ると、一気に斬りつけた。

お千代はまだ若い。しかし、この時既に、くの一として他の軒猿とともに忍び働きをし、その中で己を守るため敵を殺めるという、非情の場を経験していた。

修羅場と化した小屋の中は、瞬時にして赤く染まるや、すぐに囲炉裏の上に撒き散らされた鍋の汁によって、白煙に包まれた。

外にいる兼続達は、この異変に気づくと、小屋から一・二歩下がり、次の動きに備えた。

「兼続、どうする。踏み入ったものは皆、殺られたようじゃ」

久秀の顔に、焦りが生じた。しかし、一方の兼続は、平静さを保っている。

「火を掛ける。まずは、外に炙り出すのじゃ」

そう言うと、兼続は若侍達に持たせていた松明の全てを、小屋に投げ入れさせた。

火は、小屋の周りにある炭焼き用の木切れや、囲炉裏に使うための薪に引火し、小屋は瞬く間に炎に包まれた。小屋の裏手の木々にも、火は移っている。

〝どうしたら……。穴を掘って炎から免れるには間が無いわ〟

戸惑うお千代を炎と煙が襲った。

お千代は、迫る火の手を避けるため、致し方なく身を丸め、蔀《しとみ》より外へと飛び出した。

「出て来たぞ！　皆、逃がすでない！」

久秀が、全体に言い放った。が、次の瞬間には、皆動きが止まった。

「女子《おなご》！」

久秀は、意外なことに言葉を失った。お千代は、むせながら脇差を構え、取り囲むもの達の動きに目をやっている。

「女、お前は何者じゃ。十左衛門らとどういう関係じゃ」

久秀がお千代に問い掛けた。しかし、お千代は一言も答えなかった。

「軒猿だな……」

兼続がボソリと呟いた。

「兼続……」

久秀が、〝どうするのだ〟というような表情で兼続に語り掛けた。

「我らのこの行動は、極秘でなければならぬ。知られたからには、たとえ年若い娘であろうと容赦することはできぬ。捕らえて十左衛門が逃げそうなところを吐かせよう。もし抵抗すれば殺しても構わん。死んだら、十左衛門が手に掛けたとか、理由は後で考えればよい」

兼続は、才に優れ情にも厚い人物であると周囲には通っている。しかし、此度の一連の行動においては、その周囲のもの達が目を疑う程、冷徹なもう一つの面を表に出していた。

久秀は、そのような兼続の姿を見ながら、少し戸惑いながらも顎を振って、皆にお千代を捕らえるよう合図した。すると、十人程の若侍達が、太刀を片手にお千代を取り囲んだ。その後ろには、五人程が弓と鉄砲を構えている。

「おい、女。お前がこの小屋の主と如何様な間柄かは知らぬが、諦めて武器を捨てよ。そうすれば危害は加えぬ」

久秀が、お千代に投降するよう求めた。しかしお千代は、久秀のわずかな表情や口調の変化から、その申し出が罠であることを見抜いた。

〝十四郎さん、助けて〟

お千代は、逆手に持った脇差を握り締めた。そしてそのまま、囲みが弱い部分を見つけると、低い姿勢でそこに向かって飛び込んだ。

とっさのことに若侍達は驚き、お千代に斬り掛かったが、お千代はスルリとその閃光を交わし、囲みを突破したかに見えた。が、その直後、側面より風を抜き去るようにして、二本の鋭い矢がお千代の左の背に冷たく突き刺さった。

「千代―――!」

お千代が矢に射られ、その身が地に倒れようとしていたその時、森の中より十四郎が疾風の如く現れ、お千代の名を叫んだ。

「いたぞ、あいつだ。あいつが十左衛門の息子だ。皆、捕らえるのだ!」

久秀が、激しい口調で命じると、周囲を固めていたものの一部と、倒れたお千代の付近にいた者達が一斉に十四郎へ向け斬り掛かった。

十四郎は、あり得ない光景に一時硬直していたが、向かって来る敵に自然と身体が反応して、三人を瞬時に倒した。そして、そのまま空《くう》へ飛んで侍達の頭上を越えると、着地と同時にお千代のもとに向かおうとした。その瞬間、暗い山間に、激しい二発の銃声が響いた。

「ぐわっ！」

銃声が響く中、声を発して十四郎が前のめりに倒れ込んだ。

「くっ……、お、お千代……」

銃弾の一発が、十四郎の脇腹にめり込み、そこからの出血で、徐々に着物は赤く染まり始めた。

十四郎は、必死になって手を伸ばしながら、地面を這ってお千代のところまで行こうとした。倒れているお千代は、動けないまま潤んだ目で十四郎を見ている。

「よし、皆のもの、あ奴をひっ捕らえよ」

久秀が命を下すや、さっき十四郎に斬り掛かったものらの首が四つ飛んだ。

「何！」

首を飛ばされたもの達が倒れ込んだその後ろには、侍達より奪った太刀を握った血だらけの十左衛門が立っていた。

「十左衛門！」

今まで平静を保っていた兼続の表情が変わった。

「十四郎は殺させぬ……」

赤く染まったその姿は、正に鬼神のそれであった。十左衛門は、そのまま立ち尽くしたままの侍どもをよそに、素早く駆け抜けて十四郎の側に行った。

「十四郎、大丈夫か。わしだ、わしだぞ」

「ち、父上……」

十四郎は、哀しみの表情で十左衛門を見た。

森の中より、十四郎を追って来た楓が現れた。

「十左衛門様！」

「こ、これは……」

あまりの光景に楓は言葉を失った。

「楓殿、来てくださったか。すまぬが、十四郎を頼みまする。わしが奴らを引き付けているうちに、十四郎を連れて逃げてくだされ」

十左衛門の顔は、大量の出血で蒼白である。

「そんな、できません。十左衛門様も一緒に……」

楓は、その瞳から涙を零しながら十左衛門にしがみついて懇願した。

「ふっ……。わしはもうだめじゃ……。これ以上逃げることは叶わぬ。それより、十四郎をお頼み申す」

「ち、父上、だめだ、死んではだめだ……。皆で一緒に逃げよう……。わしは、まだ闘える。千代を連れて、父上こそ姉さんと逃げてくれ……」

十四郎は、必死に起き上がり、十左衛門が持つ太刀の柄の先を握り、十左衛門から太刀を取ろうとした。

「十四郎……。お千代は、もうだめじゃ……」

十左衛門が、目を合わせないまま、ポソリと言った。

十四郎は、ハッとしてお千代を見ると、お千代は目もとに涙を溜めて、微笑んだまま事切れていた。

「お、お千代……」

愕然とする十四郎に、十左衛門が語り始めた。

「十四郎、しっかりするのだ。お千代のためにも、お前は生きねばならん。このまま甲賀に行け。行けば、運命がお前を凄まじい爪をもつ一羽の鷲の下へと誘《いざな》うはずじゃ。十四郎よ、男は、自らの誇りや大切な人を守るために、嫌でも戦わねばならぬ時がある。じゃが、時として、戦いに至っても、その場の状況に応じて引くことを選択せねばならぬこともある……。十四郎よ、今は逃げよ。命を粗末にせず、強い男になれ。わしは、天からいつもお前を見守っておるぞ……」

そう言うと、十左衛門は立ち上がり、十四郎達に背を向けた。

「十四郎、さらばだ」

十左衛門は、振り合えることなく別れの言葉を口にした。

「父上……」

十左衛門は、十四郎の声を耳に、そのまま兼続の方へと駆け出した。

「皆、何をしておる。樋口殿を守らぬか！」

久秀が、慌てたように言い放つと、鉄砲を構えた二人が前方に立ち、その後ろに太刀を持ったもの達が壁となって兼続を守った。

久秀が、発砲命令を下す直前、十左衛門は、駆けながら上着を脱いだ。すると、その上半身には、幾つもの爆薬が巻かれていた。その導火線は、激しい火花を飛ばしている。

「ま、まずい！　撃つな、撃つでないぞ！」

久秀が慌てて叫ぶと、十左衛門の口元が笑った。

「もう遅い。共に死ぬかぁ～」

兼続の顔が引きつった。

十左衛門は、侍どもの一団に飛び込みつつ、目を閉じて想った。

〝御実城様、すぐにお側へ参りまする〟

次の瞬間、十四郎と楓の前に、凄まじい光と爆音が響いた。

「父上ー」

十四郎はそう叫ぶと、呆然となって、父を消した爆煙と地に転がる幾多の死体を涙しながら見つめていた。

三

〝父、十左衛門が爆煙の中に消えたあの日から、もう何日経つのだろう……。お千代が、笑みを浮かべながらわしを見つめ、浄土へ旅立ってから、わしは一体どこにいるのだろう……〟

十四郎は、意識が朦朧《もうろう》としながらも、楓に片腕を背負われながら、夜中、暗い美濃の山中を彷徨《さまよ》っていた。

「十四郎、しっかりおし！　この峠を越えれば、甲賀のある近江の国じゃ。甲賀に着くまでは、気をしっかりもつのよ」

十左衛門が、上田衆もろとも爆死してから、楓は、幾度となく重症を負った十四郎にこう声を掛け、気を奮い立たせながら、信濃・飛騨・美濃の国の山中を甲賀に向け決死の逃避行を続けていた。

越後からの追っ手をかわし、信濃に入ってからは、山深くの岩屋に十四郎を休ませ、体内の弾を指で取り出した後に焼いた棒手裏剣で傷口を塞いで薬草で覆うという、十四郎にとっても楓にとっても、地獄の光景を思わせる治療をした後、二日後には、熱の引かぬままの十四郎を鼓舞して、再び敵国の忍びや山賊に出くわさぬよう、細心の注意を払って道無き道を山中深く木々に身を隠しながら西へ西へと向かった。特に、信長の勢力圏である飛驒に入ってからは、全く気の許せない状況になり、美濃では、その緊迫した状況が、更に増していた。

こうして、越後を逃れてから、既に一月が経っていた。

「姉さん、もうだめだ。わしはもうもたぬ……。姉さんだけ逃げてくれ。姉さんだけなら逃げおおせる……」

「馬鹿言うんじゃないよ。私は十左衛門様よりあなたを託されたの。どんなことがあっても、あなたを甲賀に連れていく」

「姉さん……」

十四郎は、ただ前だけ見つめ、自らが帯びた使命を必死になってやり遂げようとする楓の姿に、時折涙を浮かべては、足を前に進めていた。

〝ザザッ〟

不審な物音に、楓と十四郎の耳が反応した。

〝獣ではない〟

楓は、もう二本しか残っていない懐の棒手裏剣に手を伸ばした。間違いなく周囲を囲まれている。

「姉さん、五人、いや六人だ……」

十四郎は、脇腹を押さえながら目を閉じ、音で気配を探った。

〝ピシュッ〟

「危ない！」

十四郎は、敵の打つ手裏剣に即座に反応して、楓に覆いかぶさるように倒れた。

「大丈夫か姉さん」

「ああ、助かったよ。それより……」

楓は、木々の間から現れる黒い複数の影に目をやった。

「ほう、今のを避けるとは、お前らも忍びのようだな。汚いなりだが、我が国を探りにでも来たのか」

〝こいつらの動き……。殺られる……〟

楓と十四郎は、周りを取り囲む異様な集団が、織田の饗談であることを即座に察した。特に十四郎は、敵の力量が並ではないことまで理解した。

「姉さん、もうこれまでだ。こんな奴らに殺られるくらいなら、ここで自害しよう」

十四郎は、悲痛な顔で楓を見た。

「何を言っているの！　お父上は、最期に何と言われました。命を大事にするよう言われたではないですか。私は、どんなことがあってもあなたを甲賀へ連れて行《ゆ》きます」

そう言うや、楓は手裏剣を打ちつつ一団の頭と思われる男に向かって跳んだ。そしてそのまま手刀で喉元を狙って突いた。

「甘いわ」

男は、手裏剣を難なく避けると、喉下に迫って来た楓の手を鷲掴みにして、そのまま後ろ手に締め上げた。

「うっ……」

「ほお、うす汚いが、近くで見ると悪い女ではないな。今宵は素性を吐かせた後、たっぷりと楽しんでやろう」

そう言うと男は、楓の首筋に舌を這わせた。

「姉さん！　くそぉ―」

十四郎は逆上し、男に摑み掛かろうとした。

しかし、十四郎が動くや、別の男が前に立ち塞がり、十四郎の痛んだ脇腹に凄まじい蹴りを放った。

「あ、あ、あ、あ……」

言葉も出ない程の痛みが十四郎を襲い、十四郎はそのまま地に倒れた。

〝父上、もうだめだ………〟

「おい、遊んでないで、その小僧は殺ってしまえ」

楓を締め上げている男が、手下どもに命じた。

「十四郎！　早く逃げるのよ！」

楓が、苦しみつつも十四郎に叫んだ。

「うるせえ、この女《あま》。黙って見てろ！」

そう言うや男は、締め上げる手に力を込めた。

その時！

「ぬわぁ……」

楓を締め上げていた男が、いきなり声を上げるや、口から血を吐き出して楓の手を放した。

〝何!?〟

楓は、振り向きざまに男を見るや、驚きで息を止めた。

〝こ、これは……〟

男の胸から、五本の指が真っ直ぐに突き出ている。

「女、手刀とは、こう突き入れるのだ」

血を吐いて動けぬ男の背後から低い声がした。

楓は、ハッとしてその声の方に目をやると、闇に包まれて、姿がはっきりと分からない大きな影が、楓を苦しめていた男の背に手刀を突き入れて立っていた。

〝いつ現れたの!? ……〟

驚きで動けない楓を見ながら、その影は男から手刀を抜いた。身体を貫かれた男は、膝から崩れ、そのまま前のめりに倒れた。指先だけが、ピクピクと動いている。

すると、それまで雲に隠れていた月が雲間から現れ、見事な輝きで地を照らし始めた。そして、その月明かりは、闇に立つ大きな影の姿をはっきりと闇より浮かび上がらせた。

楓は、闇より現れた姿を見るや、「天狗……」と、わずかに発した。

全身を黒で覆い、顔には漆を塗った光沢のある黒い鴉天狗の仮面を付け、素肌が見えるのは、口元と指先だけという異様な姿を、楓はこう表現することしかできなかった。

「貴様、何者だ！　貴様もこいつらの仲間か！」

頭を殺られた手下五人が、この異様な風貌の男を取り囲んで刀を構えた。

「……やめておけ。死ぬだけだぞ」

仮面の男が、ポソリと言った。

「うるせぇぇぇぇ！」

男達は、一斉に仮面の男に向けて斬り掛かった。楓と十四郎は、息を呑んでそれを見ている。

男達の太刀捌《さば》きは素早く、一つ一つの剣の軌道が計算されており、その囲みから逃れることは、十四郎の目からして、まず無理と思えるものであった。

よって、仮面の男も囲みの中で、わずかに動くことしかできないように見えた。

〝このままでは、殺られる〟

十四郎は、敵か味方か分からないままではあったが、歯を食いしばりながら起き上がり、この仮面の男に助勢しようとした。

それは……どうしてかは分からない。ただ、仮面の奥に光る男の目が、十四郎をそういう思いにさせていた。

「貴様、うまく逃げやがったな」

乱撃が一度収まり、次の攻撃に向けて五人の男達は立ち位置を微妙に変え始めた。

仮面の男には、かすり傷一つ付いていない。

「もう終わりだ」

仮面の男が、そう呟いた。

「何が終わりだ、それ、皆掛かれ！」

合図の下、五人の男達が再び斬り掛かろうとした時、男達が立て続けにその場に倒れ込んだ。

〝！〟

十四郎と楓には、何が起こったのか分からない。

「貴様らでは、わしの動きを捉えることはできぬ」

仮面の男が、倒れた男達を見て再び呟いた。その両手には、いつ持ったのか、一尺三寸（約四十センチ）弱程の鉄でできた細い串のようなものが握られていた。

〝皆、殺されたのか？　……〟

男達の心の臓は、その鉄の串で一突きにされていた。

〝こいつら全員、殺られたことに気づいていなかった……。わしにも見えなかった……〟

圧倒的な技量を見せつけられた十四郎は、ただただ驚嘆した。

「十四郎だな」

仮面の男が、十四郎に語り掛けた。十四郎は、その声に我に返った。

「あなたは、一体……」

仮面の男は、十四郎と目を合わせるや、左腕を上げた。すると、何か黒く鋭い影が、その腕に向けて舞い降りて来た。

「早風！」

十四郎は、更に驚いた。黒い影は、飼い慣らしている木菟の早風であった。早風は用心深く、十左衛門親子にしかなつかなかった。その早風が、この男の左腕に乗っている。

「こいつが俺をここに連れて来た」

「早風が……」

十四郎は、立ち上がり、仮面の男に近づいた。

「あなたは、我が父霧風十左衛門の知り合いなのですか」

「………」

仮面の男は何も答えず、ただ十四郎を見た。

「あなたは、一体何者なのですか。私達の味方なのですか」

楓も、十四郎を支えながら仮面の男に聞いた。

二人が、月明かりに輝く仮面を、すがるような目で見つめると、その男は、黙って二人の前に立った。そして一言呟いた。

「今は、何も言えぬ」

そう言うなり、仮面の男は早風を天に放し、それに目をやった二人の後頭部に、すかさず一撃を加えた。

二人は、あまりに強烈な衝撃に、なす術なくその場に倒れ込んで気を失った。

「十四郎……」

仮面の男が、気を失った十四郎の顔を、思いつめた目で見た。そして語り掛けた。

「ようやく帰って来たか……。これからは、十左衛門殿に代わって、わしがお前を守る……。さあ帰ろう、霧の谷へ。お前が生まれたかの地へ」

壱　風雲越後編　完

主要参考文献

『日本史探訪9』（角川書店編、角川書店）
『米沢藩祖　上杉謙信　武田信玄との対決』（田宮友亀雄著、不忘出版）
『歴史群像シリーズ①　織田信長』（太丸伸章編集、学研）
『歴史群像シリーズ②　戦国関東三国志』（太丸伸章編集、学研）
『歴史群像シリーズ⑧　上杉謙信』（太丸伸章編集、学研）
『歴史群像シリーズ　戦国セレクション　疾風 上杉謙信』（太丸伸章編集、学研）
『新・歴史群像シリーズ⑯　上杉謙信』（小池徹郎編集、学研マーケティング）
『新・歴史群像シリーズ⑰　直江兼続』（小池徹郎編集、学研マーケティング）
『上杉謙信　物語と史蹟をたずねて』（八尋舜右著、成美堂出版）
『義と愛に生きた男　直江兼続の真実』（清水將大著、コスミック出版）
『図解　上杉謙信・景勝と直江兼続』（吉村太郎著、綜合図書）
『歴史人　No.11』（高橋伸幸著、KKベストセラーズ）
『歴史人　No.17』（高橋伸幸著、KKベストセラーズ）
『一個人　No.136』（高橋伸幸著、KKベストセラーズ）

『歴史群像　No.109』（新井邦弘編集、学研マーケティング）

あとがき

この物語は、戦国武将である上杉謙信と武田信玄が、一騎打ちを行った川中島の戦いのクライマックスシーンから始まる。

謙信が、信玄に向けて突入する傍らには、常に謙信を守護する忍びのもの達がいた。その一人が、本編の主人公である霧風十左衛門である。

十左衛門は、越後忍びの〝軒猿《のきざる》〟ではなく、甲賀忍びである。しかし、訳あって〝謙信の影〟と言われるほど、謙信の側近くにおり、その身を守っている。

そんな十左衛門には、まだ幼い一人息子の十四郎がおり、軒猿のくの一である楓の協力を得ながら、その養育にも心を配っている。

この十左衛門と謙信を中心に物語は展開していく。

そこでは、十左衛門が謙信を守るために、甲賀忍びの中でも霧風流甲賀忍術という、霧風の家のみに伝わる秘術を駆使して強敵と戦う姿が描かれる。特に、謙信の暗殺を企む信長によって送り込まれた朝鮮人の刺客との闘いは、物語の中でも、最も熾烈なものとなる。

はたまた、謙信の死を伏せ、主君上杉景勝を謙信の後継者にしようともくろむ樋口与六兼続（後の直江兼続）が、十左衛門の暗殺を画策するという謀略が、物語の終盤に展開される。

今回の『風雲越後編』は、全三部で語られる物語の第一部にあたり、これ以降は、十左衛門の息子である十四郎が秘技を体得した後に、さまざまな戦国大名と複雑に関わりながら活躍する。

この物語は、十代から二十代の男性が読めば、アクション活劇として捉えるかもしれないが、息子を持つ三十代以降の男性が読めば、十左衛門が身寄りのない土地で、軒猿の里のものに助けてもらいながら息子を懸命に育てる姿を通して、現代社会にもつながる父子の絆の物語であるということを認識してもらえると思われる。

「父子愛」・「アクション」・「陰謀」・「恋」・「様々な謎」等々、色々なエッセンスを更に盛り込みながら、『謀略の剣』は、第二部以降もその世界観を大きく広げていくものである。

著者プロフィール

磯崎 拓也（いそざき たくや）

昭和44年、宮崎県日向市生まれ
平成５年、帝京大学文学部教育学科卒
平成15年、宮崎大学大学院教育学研究科修了
平成19年、『学校が失ってはいけない大切なもののために』
（文芸社）出版
平成21年、『なぜ学校は誤解され、改革も上手くいかないのか』
（文芸社）出版
※２冊とも教育エッセイ
宮崎県日向市在住

謀略の剣 風雲越後編

2015年５月15日 初版第１刷発行
2015年５月20日 初版第２刷発行

著 者 磯崎 拓也
発行者 瓜谷 綱延
発行所 株式会社文芸社
〒160-0022 東京都新宿区新宿1－10－1
電話 03-5369-3060（編集）
03-5369-2299（販売）

印刷所 株式会社平河工業社

ISBN978-4-286-16162-4